半个月亮

林朝晖　著

海峡出版发行集团 | 海峡文艺出版社

图书在版编目(CIP)数据

半个月亮/林朝晖著. — 福州:海峡文艺出版社,
2024.12(2025.1重印)
ISBN 978-7-5550-3934-1

Ⅰ.Ⅰ247.7

中国国家版本馆 CIP 数据核字第 20248R756K 号

半个月亮

林朝晖　著

出 版 人　林　滨
责任编辑　林可莘
出版发行　海峡文艺出版社
经　　销　福建新华发行(集团)有限责任公司
社　　址　福州市东水路 76 号 14 层
发 行 部　0591—87536797
印　　刷　福州万紫千红印刷有限公司　　**邮编**　350013
地　　址　福建省福州市闽侯县南屿镇高岐村安里 6 号
开　　本　700 毫米×1000 毫米　1/16
字　　数　140 千字
印　　张　10.5
版　　次　2024 年 12 月第 1 版
印　　次　2025 年 1 月第 2 次印刷
书　　号　ISBN 978-7-5550-3934-1
定　　价　29.80 元

如发现印装质量问题,请寄承印厂调换

目录 CONTENTS

第一部分　峥嵘岁月

一、半个月亮

夕阳西下，暮色将临。

在一座高山上，挺立着十余位汉子。他们刀柄在肩，刀身在背，寒风敲打在金属上，发出铮铮的响声。

"想好了吗？"一位身材魁梧，长着国字脸，留着络腮胡子的男子从人群里走出，目光轻轻地抚过每个汉子黝黑的脸。

"想好了！"响亮亮的声音。

"好！出发！"络腮胡子的男子拔出大刀，引领十余位汉子冲向当地一个作恶多端的土豪家。在络腮胡子的男子指挥下，十余位汉子把土豪家囤积的粮食分给贫穷百姓，尔后，他们一块投奔红军……

以上这个故事，小红军黄成山经常向战友们讲述，战友们都觉这是一个很平淡的故事，没什么扣人心弦的情节。可黄成山每次说起这个故事，总是眉飞色舞，尤其说到那位络腮胡子的男子时，眼里总会闪出一种奇异的光芒。

"你认识那位留着络腮胡子的男子？"战友问。

小红军黄成山蹲下身子，用手指在地上画画，战友看到他画了半

个月亮，更加困惑不解，他们开始寻根问底。黄成山要的就是这个效果，
吊足战友胃口后，他摆出一副老沉的模样，背着手，踱着步，用充满
自豪的口吻说："那位络腮胡子的男子是我的爸爸黄大山！"

"那他现在何处？"战友继续问。

"红军队伍里。"

"那你为什么不去找他呀？"

"我来当红军，就是要在红军队伍里找到爸爸。"

"有眉目了吗？"

黄成山摇了摇头。

寻找红军爸爸的那些日子，黄成山时常魂不守舍。夜深人静的时
候，他在床上辗转反侧睡不着觉，便悄悄地起床，像一只敏捷的猴子，
从军营溜出，爬上营房边的大树。

夜晚的大树有点儿清冷，一轮圆月挂在树梢，风吹过，树在动，
月亮不动。

一只小鸟从远处飞来，停在树枝上。

黄成山望着那只小鸟，小鸟也望着他。

过了一会儿，小鸟慢悠悠地飞走了。

黄成山的目光追随着那只小鸟，小鸟向着月亮的方向飞翔，圆圆的月亮恰似一个巨大的画框，把它圈在诗一样美的画里。

黄成山定定地望着那轮月亮，他觉得月亮特别圆，特别温暖。在这样温馨的场景下，黄成山不禁想起明月高照的夜晚，妈妈红雪跟他讲半个玉镯的来历。

四年前，铁匠出身的黄大山带领十余名同村青年当红军，红雪送了丈夫一程又一程。临别的时候，黄大山说："红雪，我这一走，也不知道什么时候才能回来，你要多保重呀！"

红雪眼一红，霎时间就梨花带雨了。

黄大山帮红雪抹去泪水，说："红雪，不要哭鼻子了，你和孩子都是我的心头肉，我一定会回来！"

红雪深情款款地望了黄大山一眼，破涕为笑："我等着你，相信你一定会回来！"

她把自己唯一的嫁妆玉镯摔成两半，把半个交给大山，深情地说："你手中的半个玉镯代表我和孩子，我手中的半个玉镯代表你。你看到那半个，就会想起我们母子俩。我和孩子看到这半个，就会想起你。"

红雪说罢，从内衣口袋里摸出那半个玉镯。

冰清玉洁的半个玉镯，在月光之下，闪着幽幽的亮光。黄成山用手轻轻地摸了摸那半个玉镯，爸爸的身影不知不觉之中，便从半个玉镯里蹦出。他看到儿子黄成山，便笑眯眯地上前，用他那又粗又硬的胡子轻轻地扎儿子细嫩的脸，黄成山的脸虽然被扎得又痛又痒，但还是很开心。黄大山乐呵呵地扎完脸，意犹未尽的他把黄成山抱起，在空中转起圈圈，那一刻，黄成山觉得爸爸的爱就像一把火，把他的全身烘得冒出热汗……

"妈妈，我看到爸爸了。"黄成山一脸得意地说。

"爸爸在哪儿呢？"红雪轻轻地抚摩着儿子的脑壳，轻声问道。

"他就在藏在半个玉镯里，刚才还跑出来，跟我亲热呢。"黄成山一脸的幸福。

红雪笑了，紧紧地儿子拥在怀里。

丈夫走后，红雪含辛茹苦地把黄成山拉扯大，还始终牵挂着前线打仗的丈夫。逢年过节，她好比吃了三碗红豆饭——满肚子相思。她时常拉着儿子站在路口，一边眺望远方，一边唱起家乡的山歌调调：

　　哎呀嘞，
　　韭菜开花一条心，
　　当兵就要当红军……

婉转且带着几分伤感的歌声在山谷间久久回荡……

当往事一幕幕在眼前闪现的时候，黄成山一阵心酸，悄悄地抹去眼角的泪花之后，他两只脚各踩一根树叉，胳膊肘搭在树枝上，遥望月亮。这时候，月亮里飘出妈妈红雪的身影。

此时的妈妈神采飞扬，她一边表演爸爸耍大刀气势如虹的动作，一边学着爸爸的腔调说话。

妈妈的表演惟妙惟肖，出神入化。黄成山看得开心，听得入迷，两眼便像小灯泡一下亮了起来。他拖住妈妈的手，问："妈妈，红军爸爸什么时候回来看我们呀？"

"等红军打败白匪之后，爸爸肯定会回来看他的心肝宝贝。"妈妈慈爱地摸了摸儿子的头。

"那要等到什么时候呀？"黄成山的眉头皱了起来。

"很快了！"妈妈笑呵呵地应答。

"那我很快就能再见到爸爸？"黄成山兴高采烈。

妈妈点了点头……

在村里，妈妈红雪担任妇女委员会主任，黄大山当红军的三年时间里，红雪担任运输队员，为红军运送弹药、物资和转移伤员；到医院驻地缝补洗刷；带领队员化装侦察白匪军队的布防、兵力、武器配备情况，给予红军强有力的帮助和支援。

等待丈夫回归的日子漫长且煎熬。有好几次，红雪听说红军队伍从附近路过，就翻山越岭找丈夫，却总不见丈夫的身影。还有一回，她听说红军与白匪在离村庄很远的一片荒野上交战，有很多红军战士牺牲，她的心弦紧绷，冒着生命危险赶到现场，见到满地血肉模糊的尸体，便不顾一切地扑上去，一具一具地翻看，直到没看到丈夫黄大山的尸首，才松了一口气。

别离岁岁如流水，立尽西风雁不来。见不到丈夫，红雪每天起床做的第一件事，就是照着一面小方镜子——丈夫黄大山结婚送给她唯一的礼物。

红雪开始在镜子面前妆打扮，为的是给丈夫一个干净整洁的形象。她也常常站在高高的门槛上倚门观望，希望看到丈夫回家的身影。然而，镜子被磨得斑驳，门槛留下深深的豁口，丈夫黄大山也没有出现。

俗话说："穷人的孩子早当家。"爸爸当红军之后，黄成山经常帮妈妈干活。他不仅吃苦耐劳，而且伶俐懂事。割草、挖野菜、捡蘑菇、采松果，什么都会干，还会帮她刷锅洗碗。看到妈妈不开心，他便蹦蹦跳跳、嘻嘻哈哈地伺候妈妈。儿子如此聪明可爱，妈妈心里即使有千种愁肠、万般苦闷，也被驱散得无影无踪……

风轻轻地吹，黄成山打了个颤，妈妈的身影忽然消失了。

黄成山挂在月亮之上的回忆中断了。他有些懊恼，便拿出半个玉镯。他的目光透过半个玉镯，只能看到残缺的半个月亮。黄成山要想让半个月亮变成一轮皎洁的月亮，就得在部队找到爸爸。

由于多年未见，爸爸的模样在黄成山脑海里变得很模糊。黄成山只是依稀记得爸爸身材魁梧，留着络腮胡子，国字脸。他就按照脑海中的印象在红军队伍里寻找爸爸。

黄成山所在的三连连长体格强壮、留着络腮胡子，圆圆的脸。黄成山刚到部队时，看到连长的这副模样，兴奋异常地跑上前去，亲昵地拉着连长的手问："连长，你是不是叫黄大山？"

"不，我叫赵平事。"

"你哄人，你就是黄大山！"黄成山紧紧拽着连长的手。

"小鬼，我是赵平事，不是黄大山！"连长生气地跺了跺脚。

黄成山这下蔫了，歪倒在地，眼泪流了出来。连长赵平事连忙上前扶他，问明事情的原委后，连长赵平事说："你放心，我一定帮你寻找爸爸！"

黄成山顿时笑靥如花。

峥嵘岁月，红军通信非常落后，各部队之间联络极少，赵平事虽然一直努力替黄成山寻找爸爸，却未能如愿。找不到爸爸，黄成山的心情一直不好，每次三连与兄弟部队会合的时候，他的目光总在红军队伍中穿梭，看到长得像他爸爸的人，他便拿出半个玉镯围着那人转，并唱着家乡的山歌，见人家没反应，只好怅然离去。

在寻找爸爸的过程中，黄成山慢慢地长大。在战场上，他奋勇杀敌，屡立战功，连长赵平事对黄成山的英勇表现大加赞赏，说黄成山是一只扑向敌人的猛虎。黄成山听了，憨憨地咧嘴一笑，说："我只是一只小虎，我的爸爸才是真正的猛虎哟！"

黄成山说罢，悠悠的目光飘向远方，脑海里飘出一片春天的原野，原野上莺飞草长，灿黄的油菜花开得无垠无际，头顶上一轮圆圆的太阳暖融融地照着，耳畔蜜蜂和蝴蝶哼哼地唱着，原野的前方有位骑马的八路军军官正带领人马向前行进。

那一刻，黄成山出现了幻觉，觉得马背上的八路军军官正是爸爸黄大山，他微笑地向黄成山款款飘来。爸爸身上背着一把盒子枪，身后斜插着一把亮光闪闪的大刀，还像过去那样留着络腮胡子，那八角帽上的红五星、灰上衣的红领章在阳光下熠熠生辉。

黄成山的情感闸门猛地打开，不顾一切地向前奔去，嘴里高喊："爸爸——爸爸——"

黄成山的声音不是从嗓子发出，而是从肺腑里冒出，带着对爸爸刻骨铭心的爱。

这情真意切的喊声一下子击中了赵平事内心最柔软的部位，他怔怔地站在那儿，慈爱的目光轻柔地网在黄成山身上。

"扑通"一声，奔跑中的黄成山摔倒在地。赵平事急忙上前，把黄成山扶起，紧紧地揽在怀中。

在连队，赵平事拥抱过黄成山多少次？他早已记不清了。黄成山思念爸爸过度，经常出现幻觉。遇到这种情况，赵平事总是以慈祥爸爸的身份，将黄成山揽在怀中，揽在自己的生命里。

现在，黄成山依偎在赵平事怀抱里，就像一颗糖果，有甜蜜、有芬芳、有柔软、有满足，更有过后长久留存的回甘。慢慢地，黄成山从梦幻回到现实，他在赵平事怀里轻声问："连长，我真的能见到爸爸吗？"

"一定能！"赵平事轻轻地拍了拍黄成山稚嫩的肩膀，用肯定的口吻说。

……

后来，黄成山随部队长征，对于小小年纪的他来说，爬雪山是极其艰难的考验。

红军三连人马行进到半山腰时，天上忽然布满了阴云，气温骤然下降，并刮起了大风。凭直觉，连长赵平事知道暴风雪要来了。果然没过多久，大雪飘飘扬扬地落下，风越来越大，天气一下子冷了下来。黄成山出生在南方，从来就没经历过这么大的雪，他行进的速度慢了下来。看到他步履蹒跚，赵平事想上前扶，却被他拒绝。

雪越下越大，天越来越冷。厚厚的雪压在黄成山脆弱的肩膀上，他晃了晃身子，在他即将倒下的那一刻，赵平事冲上前，一把扶起了他，冻得嘴唇发抖的黄成山倔强地说："连长，别管我。"

此时，赵平事心里很清楚，如果不管黄成山，就意味着他要牺牲在雪山上，这是赵平事无论如何都不能接受的。紧要关头，赵平事不管黄成山愿意还是不愿意，硬是把他扶上自己宽厚的肩膀。

现在，赵平事每行进一步都感到吃力，雪厚路滑，加之寒风劲吹，气温陡然下降，双手变得有点儿僵硬，脚开始麻木，但他还是一边走，一边攒足劲儿给背上的黄成山讲故事。

路上的雪越积越厚，有的地方没过了膝盖，赵平事好几次摔倒在地。每次摔倒，他都咬咬牙，硬是站了起来。

白皑皑的雪地上留下一行弯弯曲曲的脚印。

暴风雪还在下着，空中飘荡着干燥的雪花。伏在赵平事背上的黄成山呼吸越来越细，心跳也越来越弱。

赵平事顿时急红了眼，他知道黄成山一旦睡去，就有可能永远离开这个世界，为了让他保持清醒状态，赵平事忽然大声喊："成山，你睁开眼睛瞧瞧前方，你的爸爸黄大山就在山顶上呀！"

黄成山睁开惺忪睡眼，循着赵平事所指方向望去，茫茫大雪中什么都看不到。

"看到了吗？"一旁的战友也大声问道。

黄成山摇了摇头。

赵平事吼叫道："成山，你把眼睛再睁大一点。"

黄成山瞪大双眼，但还是什么都没看到。

站在一旁的战友添油加醋道："我看到你爸爸了，他身上背着大刀，身材魁梧，留着络腮胡子，正威风凛凛地站在雪山顶上，朝你招手呢。"

黄成山把眼睛睁得灯笼那么大。这回，他的目光穿过漫漫大雪，似乎看到爸爸正站在山顶上，用深情慈祥的目光注视着他。

"爸爸——"黄成山大声喊。

"你爸爸听到你喊声了。"赵平事装出一副兴奋的模样，说，"他正朝你招手呢。"

黄成山苍白的脸顿时舒展开来，眼睛里那死灰般的颜色忽然不见了，爆发着喜悦的光芒。他从赵平事的背上跳下，又蹦又跳地朝雪山顶奔去。他边跑，边唱刚学的一首歌谣："翻过雪山是晴天，嘿！太阳暖洋洋，战士笑呵呵……"

黄成山想见到亲爱的爸爸，这使他身上有着使不完的劲，他唱着歌儿，脚步变得轻快起来。

雪越下越大，黄成山摔倒了，但马上爬起，继续向前。

现在，没有什么困难能够阻挡黄成山寻找爸爸的脚步。

爸爸就在山顶！黄成山暗暗对自己说。

黄成山铆足了劲，像一匹谁也阻挡不了的快活小马，向山顶奔跑。

快到山顶时，黄成山重重地摔在雪地上。

赵平事的心提到了嗓子眼。

这时候，摔倒的黄成山虽然已经透支了所有的体力，但爸爸是他心里永远不灭的那盏希望之灯，照亮了他前行的道路。黄成山咬紧牙关，一步一步艰难地往山顶爬。

历经千辛万苦，黄成山终于爬到了山顶。当气喘吁吁的他抬头望去，山顶上除了茫茫大雪，根本就见不到爸爸的影子。

没找到爸爸，黄成山顿时泄了气，他伸出冻红的小手猛打赵平事的肩膀，说："连长，你骗人！"

赵平事笑了，那笑是从心底发出的。他在做这样的假设：假如刚才自己不编造一个美丽的谎言，黄成山可能会和很多战友一样，永远长眠在雪山之下。

站在一旁的战友看到黄成山抱怨连长，便笑着说："成山，你应该感谢连长，没有他的美丽谎言，你也许爬不到山顶。"

　　黄成山的鼻子一酸，眼里噙满泪水。

　　"下面我们开始滚雪山，小鬼，你可要跟上哟。"赵平事说完，把身上的衣服裹紧，带头滚下雪山。紧接着，一个个红军战友都滚下雪山。

　　现在，山顶上只剩下黄成山一个人。他向山底下看了看，深不可测的山底漫天飞雪，黄成山紧张地闭上双眼，就在他浑身打哆嗦的时候，他的眼前忽然闪出爸爸的影子，他轻轻地拍了拍黄成山的肩膀。

　　幻想中的黄成山顿时精神抖擞。他把衣服裹紧，然后，不管三七二十一，闭上双眼滚下雪山。这一滚就是几十丈，当晕头晕脑的黄成山一屁股坐下，发现自己身旁的战友们在欢呼雀跃。

　　这时候，黄成山才从幻想里走出。他抬起头，山顶上漫天飞雪，根本看不到任何东西。但黄成山觉得爸爸正站在雪山顶上，慈祥的目光穿越茫茫风雪落在他的身上。爸爸背上的那把亮光闪闪的大刀就像一只路标，笔直地指向长征部队前进的方向。

　　那一刻，蓄在黄成山眼里的泪水一泻千里……

　　走出雪山，黄成山和战友们又面临着茫茫草原。8月的草地，野草丛生，繁花似锦，但在这野草和鲜花之下，却处处隐藏着大自然的邪恶和死神的威胁。本是最暖和的季节，白天最高气温和夜间最低气温之间的温差超过二十五摄氏度，雨雪风雹来去无常，变化莫测。时而晴空万里，骄阳似火；时而电闪雷鸣，冰雹骤下；时而阴云密布，风雷交加；时而雪花飞舞，漫天银色。在这样恶劣的条件下，为了抵御草地的寒冷，衣衫褴褛的红军战士时常背靠背，用体温来取暖。

在腐草堆积、泥泞不堪的草原艰难行进的过程中，红军三连所带的粮食越来越少，战士们只好煮自己的皮带吃。然而草地上的水大多有毒，黄成山患上急性痢疾……他最终没能走出茫茫草地。奄奄一息的时候，他用微弱的声音对连长赵平事说："连长……我太累了……想好好地睡上一觉。"

连长把黄成山紧紧地揽在怀里，泣不成声地说："成山……你一定要挺住……你不是说要在红军队伍找到爸爸吗？只要走出草原……就一定能找到你的爸爸！"

黄成山眸子闪亮了一下，但转瞬之间又暗淡了下来。他缓缓地从身上摸出半个玉镯，双手捧起它，像捧着一只装满水的碗一样，小心翼翼地放进赵平事的手心，鼓起最后的一点力气，断断续续地说："连长……我真的走不动了……请你一定要……帮我找……到爸爸，我和妈妈……好想……好想……爸爸！"

……

到达陕北后，赵平事把黄成山临终时的愿望向上级做了汇报。上级很重视，专门派人寻找黄大山，最后，终于在烈士名单中找到：黄大山，男，四十一岁，铁匠出身，四年前带领十余名伙伴加入红军，是红军特务纵队老班长。此人骁勇善战，善舞大刀。红军每次攻城拔寨，他都挥舞大刀，冲锋在前。那把亮光闪闪的大刀时常杀得白匪血肉横飞、喊爹叫娘。在一次战斗中，他手舞大刀冲进敌阵，一人砍死八个敌人，直到军刀卷刃，流尽最后一滴血。战斗结束后，战友们在整理他的遗物时，发现他的内衣口袋里珍藏着半个玉镯……

夜晚，赵平事把黄大山遗留下来的半个玉镯和黄成山遗留下来的半个玉镯拼在一块，形成了一个完整的玉镯。抬头望天，赵平事可以看到整个月亮，可当他的目光透过圆圆的玉镯看月亮时，却只能看到半个月亮……

作者手记

　　黄成山寻找父亲黄大山的时候，年纪不过十三四岁，他与坐在课堂听课的很多孩子差不多年龄。但在那个烽火岁月，他拿着半个玉手镯走上了革命之路。寻找父亲的过程是一段艰难曲折的历程、一幕感天动地的催泪大戏、一曲震耳欲聋的勇士之歌。

　　黄大山和黄成山最终都牺牲了。两人遗物都是半个玉镯。把它们拼在一块，形成了一个完整的玉镯。抬头望天，战友们可以看到整个月亮，可当他们的目光透过圆圆的玉镯看月亮时，却只能看到半个月亮……

二、一袋炒面

雪悄悄地下。

三名红军在雪地上缓慢行进。

走在最前面的是一位留着络腮胡子，年龄大约四十岁的红军，他的身后紧跟着一位年轻红军。年轻红军不时掉过头，瞧一眼走在队伍最后的那位小红军。

小红军步履蹒跚，他的身上背着一袋炒面。这袋炒面是三名红军仅有的粮食，在荒无人烟的茫茫雪原上，这袋炒面就是他们的命根子。

昨天，三名红军战士所在部队遭到白匪部队的围追堵截。经过浴血奋战，三名红军终于冲出了重重包围，可他们却与大部队失去联系，只好在茫茫雪地上寻找大部队的踪影。

雪渐渐地下大了。寒风吹在身上，冷飕飕的，雪粒打在脸上，像刀割似的痛。

"老天爷闹鬼啰！"年轻红军诅咒一句后，揪心地掉过头，瞧了瞧走在后面，冷得直打哆嗦的小红军。

小红军尽管一直想跟上，但力不从心的他，脚步变得越发沉重。

年轻红军给小红军做了个解开炒面袋口的手势。

年轻红军明白，饥肠辘辘的小红军只要偷偷地吃点炒面，身上就会有力量，就有可能走出茫茫雪原。年轻红军之所以让小红军背这袋炒面，就是希望他饿的时候，能偷偷地吃上一点。

小红军的嘴巴果然动了起来，年轻红军脸上露出了幸福的微笑，仿佛炒面是落入他的嘴中。

小红军的步子慢慢地变快，年轻红军的心情顿时舒畅了起来，他甚至哼起了中央根据地流行的山歌：

送得哥哥前线去，
做双鞋子赠送你。
鞋上绣着七个字：
红军哥哥万万岁！

年轻红军五音不全的声音飘进中年红军的耳朵。中年红军掉过头，发现小红军的嘴在不停地动，禁不住皱起眉头，重重地咳嗽了一声。

小红军压根儿就没听到中年红军发出的警告声音，他的嘴还在非常有节奏地咀嚼着。

见小红军对警告置若罔闻，中年红军气得两眼冒烟。他掉过头，狠狠地骂道："小兔崽子，居然偷吃炒面，你难道不知道这袋炒面是我们三个人的命根子吗？"

小红军眼里噙满了泪水，他想说些什么，却说不出口。

因为中年红军是老班长，平日总板着一张冷峻的脸，年轻红军只好把蹿上来的不满强压下去。

三人继续前行。

雪越下越大。

"扑通"一声，走在最后面的小红军倒下了。

年轻红军急忙上前扶他，大声叫着他的名字，可小红军怎么也醒不过来了。

闭上双眼的小红军显得很平静，脸上甚至还漾着一丝浅浅的微笑，他似乎在做一个美丽的梦。他那冻红的小手微微张开，年轻红军看到他手上握着一把撕碎的纸屑，他急忙掰开小红军的嘴，发现他的牙齿上沾满了纸屑。

原来小红军并没有偷吃炒面，而是靠嚼纸屑充饥。明白过来的年轻红军跪在雪地上，眼里的泪水夺眶而出。

中年红军眼眶也涌动着泪水，但泪水在他眼里滚了几圈，就是没有流出来。他俩一块把小红军埋葬后，又匆匆地继续赶路。

天渐渐地暗了下来，冷风紧贴着山坡，掀起一股股雪流，呼呼响着从中年红军和年轻红军的身上吹过。他们的行进变得越来越困难，拔脚时留下的深窝转眼间就被雪填平了。

"我们歇歇吧。"手脚并用、几乎是在爬行的中年红军张了张嘴。

年轻红军停下了步子，当他看到中年红军脸色发紫、牙床敲得啪啪响时，急忙把身上的大衣脱下，披在中年红军身上。

"我不行了，你不要管我。"中年红军艰难地说。

"老班长，你一定要顶住！只要翻过这座山，我们就能找到大部队。"

"即使我顶住了，那一袋炒面也不足以维持两个人的生命，你就不要管我了……"

"老班长，你不要胡思乱想了。"

"我确实不行了。"

"老班长，你一定要顶住！"

年轻红军说罢，不管中年红军愿意不愿意，背起他，向前行进。

雪地里，年轻红军胸口像压着一块大石头一样透不过气，两条腿也像灌了铅一样的沉重。他每向前迈出一步都感到很吃力，他的双手变得有点儿僵硬，脚开始麻木，但他还是一边走，一边攒足劲儿和背上的中年红军说话："老班长，你不是说你喜欢雪吗？你瞧这雪多大，落在身上，多像一首好听的歌谣呀……"

中年红军有气无力地低声"嗯"了一句。

雪渐渐停了下来。

年轻红军找了个暖和的地方，轻轻地放下中年红军，开始生火做饭。

可是，等年轻红军煮好饭，想叫中年红军来吃一口时，却怎么也叫不醒中年红军了……

年轻红军把中年红军放在铺了稻草的雪床上，替他戴好八角帽，系好风纪扣，中年红军那张板着的冷峻脸庞慢慢松弛下来，显得十分慈祥。

年轻红军跪在地上，抱着中年红军失声痛哭。

天上的雪又飘了起来。

这时候，一个奇迹发生了：原先在中年红军眼里打转的泪水忽然流了出来，像飘飘扬扬的雪花一样晶莹透亮。

哭得两眼红肿的年轻红军看到这神奇的眼泪，忽然意识到自己肩上的责任。他急忙止住哭泣，挺起胸脯，朝中年红军庄严地行了个军礼。之后，他昂起头，向前迈出坚实的步子，并亮开嗓门唱：

> 天空鸟飞绝啰，
> 群山兽迹灭哟，
> 红军英雄汉啰，

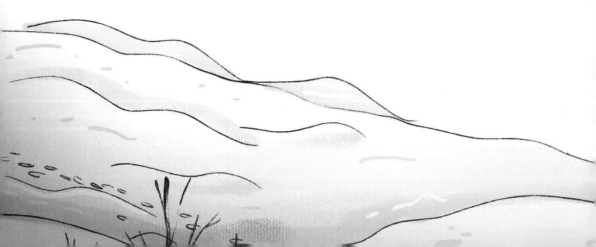

飞步过雪山哟……

歌声越唱越激昂，如一股粗壮的狂风在雪山里颤动，滚滚向前……

中华人民共和国成立后，从士兵一步一个脚印成长为将军的年轻红军，专程从北京赶回这片土地，历经千辛万苦，找到中年红军和小红军去世的地方，并为他们立了一块墓碑，墓牌上写着：赵彬成与儿子赵小成永垂不朽！

作者手记

　　饥饿面前，凸显人性。仅有的一袋炒面，年轻红军有意让给小红军，给后者制造偷食的便利，却引起走在前方的老红军的不满。其实小红军没有监守自盗，他以咀嚼纸屑的障眼法回馈年轻红军的善意。最终，中年红军和小红军因饥肠辘辘而倒下。

　　故事的结局令人震撼：原来老红军与小红军是父子关系。意料之外，情理之中。

三、纸飞机

　　红军二连经过一条林荫小道时，草丛中忽然窜出一个衣不蔽体的男孩，他冲着连长黄其明大声喊："我要当兵！"

　　黄其明掉过头，慈爱地望了望这位个头还没枪高的男孩一眼，说："小鬼，你还小，等长大了再当红军吧。"

　　"不行，我一定要现在就当红军。"男孩梗着脖子。

　　"为什么一定要当红军？"

　　"因为我是孤儿，不当红军，会活活饿死。"

　　男孩的话震撼了黄其明，他把男孩紧紧地揽在怀里。

　　男孩名叫林二双，当红军的那年还不满十五岁。在红军二连，大伙都把他当小孩看，重活累活不愿让他干，有好吃的都分给他吃，危险任务不愿交给他，搞得林二双很不高兴。他经常找连长黄其明发牢骚，说他早就是大人了，啥活儿不能干呢。

　　事实上，林二双也懂得大伙心疼他，但他却不领这份情，总希望做出让人刮目相看的事情。记得有一次挖战壕，时值天寒地冻的季节，土硬石坚，一镐下去，虎口都震得发痛。林二双那天干得格外卖力，

手背上布满了小裂口，但他仍然不歇手。干完活，林二双的镐柄上沾上斑驳的血迹，连长和战友们看到镐柄，都心疼得掉了泪。

十五岁是个洒满阳光的年龄，可林二双却早早地失去了父母。战友们问他父母亲为啥这么快就离开了人间，林二双总是低着头不说话，大伙便不再往林二双受伤的心灵撒盐，想方设法逗林二双开心。

"二双，你最喜欢什么？"大伙问。

"飞机。"林二双眨巴着天真无邪的眼睛。

"飞机是啥样子的呀？"

林二双张开双臂，做了个大鹏展翅的模样。

林二双见到飞机是在红军与白匪的一次激烈战斗之中。他突然听到空中传来巨大的"嗡嗡"声，抬起头，只见一个像老鹰的巨大怪物从天上飞过。

"卧倒！"连长黄其明一声喊叫，大伙齐齐卧倒，唯独林二双眯着眼，张大嘴巴愣愣地望着天上稀奇的庞然大物。

黄其明情急之下，把林二双扭倒在自己的身下，林二双刚倒下，身边就传来飞机扔下炸弹的巨大响声……

那次战斗结束后，黄其明告诉林二双，那是白匪的飞机在空中飞。飞机既是魔鬼，也是天使，它可以向地面投放炸弹，也可以载着客人飞向想去的地方。

听了连长对飞机的描述，林二双心里便有了小秘密。

"为什么喜欢飞机？"战友们好奇地问道。

"因为……"答不上来的林二双小心翼翼地把手伸进内衣口袋，从口袋里慢悠悠地摸出早已折叠好的纸飞机。

他张大嘴朝纸飞机哈了口气，然后张开手臂，迎着风放飞手里的纸飞机。纸飞机在空中飘飘荡荡，林二双的目光就像一根拴在纸飞机上细细的线，纸飞机飞到哪里，林二双的目光就跟到哪里。

纸飞机带给林二双很多美好的遐想。有一次，二连翻过一座高高的山峰时，林二双忽然停在了山顶，垫起脚尖眺望远方。

黄其明问："小鬼，你在看什么？"

林二双的手往前方指了指，说："我的家乡就在那里！"

黄其明知道这儿离林二双的家乡有十万八千里，但他实在不愿让林二双对家乡的美好梦想破灭，便敷衍道："对，前面不远就是你的故乡。"

林二双感情的闸门在这一刻打开，他从身上摸出纸飞机，使出全身的劲，把纸飞机掷向天空。

纸飞机就像雄鹰在蓝天白云下展翅飞翔。陶醉在美好幻想中的林二双梗起脖子粗着嗓子喊：

"爸爸，我坐飞机来看你们了！"

"妈妈，我坐飞机来看你们了！"

林二双把所有的感情都融进这一声声啼血的呼唤之中。这缀满悲伤和泪水的声音在山谷间回荡，战友都被这声音震得流下了眼泪。

二连后来随主力部队长征。在行进的过程中，林二双的脚趾被冰雪冻坏，开始溃烂，他用布把脚简单包扎后，一拐一拐地跟上部队。

长征途中，二连在经过一个村庄时，遭到了白匪的伏击，阵地上霎时间浓烟滚滚，火光闪闪，火药味呛得人喘不过气。二连的装备比较落后，机关枪少，子弹也不多，手榴弹大多是自制的马尾手榴弹，落到地上很多不会开花。而白匪的装备则精良许多，他们朝二连阵地发起猛攻。一场短兵相接的肉搏战展开了，枪声、手榴弹爆炸声、喊杀声响成一片。

二连的红军英勇善战，很快便打得白匪狼狈不堪，开始向后溃败。在战场上异常勇猛的林二双，早已忘却了脚趾的疼痛，他猛虎一样跃出战壕，奋力追赶白匪头目。他一边追击，一边射击，连续击毙了白匪头目身边的几位亲信。眼看他即将追上白匪头目了，白匪头目忽然掉过头，举枪朝林二双射击，子弹击中了林二双的胸脯，林二双像一朵凋谢的百合花，轻飘飘地倒下。

战友们被彻底激怒了，一梭梭愤怒的子弹射向了白匪头目，白匪头目顿时被打得千疮百孔……

一场血肉横飞、惊心动魄的战斗结束了。

当黄其明抱起血淋淋的林二双时，他朝黄其明艰难地笑了笑，然后，鼓起全身的气力，望了望远方。

"连长，将来我有机会坐上飞机吗？"

林二双的细弱的声音听起来如同从另一个世界飘来，眼含热泪的黄其明点点头。

"连长，如果能坐着飞机，去见天堂上的父母，那是一件多么幸福的事呀！"林二双说着，眸子蓦地闪亮了一下，脸上漾出幸福的微笑……

带着幸福的梦，林二双离开了。

黄其明在整理林二双的遗物时，发现他的内衣口袋里放着一个折叠好的纸飞机。纸飞机已经被鲜血沤透了，但棱角依然完好无损，摸摸纸飞机的两翼，居然像钢铁一样坚韧。黄其明使出浑身的劲，把纸飞机掷向空中。这时候，不知从哪儿刮来一阵风，把纸飞机刮得很高很高……

作者手记

小红军林二双口袋里装着纸飞机，这是他的梦想。他想坐一次飞机，体会一下美妙的感觉，他想与家人团聚，过上美好的生活。可惜，他在一次战斗中牺牲，带着他的纸飞机走了。他的梦想也是那个年代很多红军战士的梦想，他们憧憬着将来美好的生活，为了心中的理想，他们前赴后继、奋勇向前……

四、目光如炬

夜色正浓。

一位中年汉子坐在一块大岩石上。

中年汉子大额头、方嘴唇、络腮胡子，既聪慧又质朴。他的眼睛上蒙着一圈绷带。他的肩上背着一把大刀，西风吹来，大刀发出铮铮雷韵。

"刘团长……"轻轻的声音从远处飘来。

"黄家法参谋长，你还是叫我刘大刀吧，这样听起来更亲切。"中年汉子打断了这位年轻红军的话。

"刘大刀，你说我们下一步棋该怎么走？"黄家法问道。

刘大刀整了整头上的八角帽。

风轻轻地吹过，刘大刀轻轻地抚摩了一下脸上的胡子。对于这块土地，刘大刀实在太熟悉了，他从小就在这里长大。当他带领红军队伍踏上这块土地时，他的心特别温暖，那逝去的往事历历在目……

刘大刀原名叫刘雪飞，擅长舞大刀。红军经过他的家乡时，他加入了红军队伍。有一次，在与敌人的拉锯战中，他突然高高地跃起，大吼一声后，像只刚出笼的猛虎，手舞大刀冲进敌阵，大刀像一道道闪电划过。敌军阵营大乱，红军发起了总攻，大获全胜。刘雪飞一战成名，红军战友们给他起了个绰号"刘大刀"，他的真名倒被大伙遗忘了。

因为骁勇善战，刘大刀从一名普通的士兵成了红军的指挥员。排长、连长、营长、团长，刘大刀的职务步步高升，他手中的那把大刀耍得更加得心应手。刘大刀的大名成了红军的一块品牌。敌军提到他，往往会把他与三国时期，百万大军中取将军头颅如探囊取物的赵子龙相比，这样的比较使刘大刀的威名不胫而走。

在敌军眼里刘大刀是个冷血硬汉，但在战友心目中刘大刀却是个古道热肠的好长辈。他关心手下的每一个兵，看到他们受伤，他会流泪，看到战友战死沙场，他会跪下抱着战友的尸首失声痛哭。

在一次与敌军的恶战中，为了掩护战友，刘大刀的双眼被弹片击中，永远地失去了光明……

过去，浓眉大眼一直是刘大刀的骄傲。作为一名红军指挥员，在两军交战前，刘大刀都要拿着望远镜注视着敌军的动静，并对敌军的举动做出精确的判断。而今这双明察秋毫的眼睛没有了，刘大刀的世界变成了黑色，无论睡着还是醒来，都是黑漆漆的一片，他做什么事都不方便，尤其是在行军中，每到一个险要的地形，刘大刀都要战友们搀扶。战友们虽然好言好语地鼓励刘大刀，但刘大刀还是感到了痛。这种痛是刻骨铭心的痛，这种痛是充满绝望的痛，刚失明的那段时间，刘大刀不思茶饭，整日快快不乐。

"现在我什么都看不见，怎么指挥红军战斗？在红军队伍中，双目失明的我不就是个累赘吗？"夜深人静的时候，刘大刀时常一边用手轻轻地抚摩着那把锋利的大刀，一边喃喃自语。

这时候的刘大刀心在滴血，他万念俱灰，意欲离开队伍。

"刘团长，你虽然双目失明，但你并不是累赘，你依旧是我们这支部队的主心骨，我们不能失去你呀。"黄家法见他如此，劝说道。

黄家法的声音惊动了熟睡的战友。明白了事情的来龙去脉之后，战友们齐刷刷地跪下身子，哭泣道："刘团长，我们离不开你呀。"

刘大刀急忙伸出手去扶跪着的战友，但战友们没有一个愿意起来，他们抽噎道："刘团长，我们是相濡以沫的战友，你若不答应我们的条件，我们就永远跪着。"

战友们的哭声软化了刘大刀的心。他的鼻子一酸，说："好，我答应你们！"

"刘团长，你不要沮丧，战国时期的孙膑被人废去了双脚，但他坐着轮车仍能从容地指挥千军万马。你现在虽然看不见外面的世界了，但你可以用耳倾听、用心感受外界的风云变幻，你照样还是个出色的指挥员。"

黄家法的一番肺腑之言彻底打开了刘大刀的心锁。

以后的日子，刘大刀喜欢上了二胡，闲下来的时候，他时常摆弄着二胡。刚开始，他只是把二胡弄出一些声响，渐渐地，他把二胡玩出了味道。当战场的硝烟散尽的时候，他便心平气和地坐下，左手抚弦，右手持弓，一招一式地拉响了二胡。那琴声丝丝缕缕、飘飘忽忽，就像一朵飘在空中的云，让人捉摸不透。这时候的刘大刀腰板笔直，一副陶醉的模样。二胡在刘大刀手里，就像过去握在他手中的大刀一样得心应手。

拉完二胡，他都要静静地坐着，支着耳朵听着风吹草动。用外面世界发出的声音来暗示心灵，并把心灵的感受传达给大脑，当耳朵、心灵、大脑形成良性循环之后，刘大刀觉得冥冥之中有股强烈的力量在推动着他，在支撑着他。这时候，他感受到了快乐和幸福。

刘大刀找回了自信，他开始重新指挥战斗。作为一个失去双眼的指挥员，他指挥战斗的方式非常独特。每次临战之前，他都要让黄家法和团部的其他领导根据掌握的情报，提出自己的作战意见。他们各抒己见之后，刘大刀总要拉上一阵子的二胡，琴声刚开始时就像清凉的山泉缓缓地流向远方，渐渐地，琴声变成了涛声，跌宕汹涌，处处暗藏杀机。琴声落定之后，刘大刀都要对如何作战做出一锤定音的决定。

没有双眼的洞察，刘大刀却有了更为犀利和透彻的全局观，他做出的决定深思熟虑。每次作战，按他制定的方案执行，几乎都能出奇制胜。

有一回，黄家法得到情报，敌军将重兵屯集在离红军队伍二百多公里的地方，在那里挖战壕、设堡垒，准备几天后与红军展开一场恶战。

当黄家法把掌握的情报向刘大刀汇报后，刘大刀拿出二胡，这回他拉的是一首名为《大江奔流》的曲子。琴声又急又快，就像湍急的洪水，一刻不停地向前奔流。一曲终了，刘大刀大手一挥，说："命令部队，除了留下武器和三天的干粮之外，将所有笨重的东西丢弃，轻装急行军，向敌人发起出其不意的进攻。"

黄家法瞪大双眼："刘团长，炊事班的铁锅和其他东西，都是我们的传家宝，战士们舍不得丢下它们呀。"

"只有破釜沉舟，我们才有出路。"刘大刀的话掷地有声。

虽然有刘团长的命令，但战士们还是不愿意把身上笨重的东西丢弃。

为了让战士们痛下决心，刘大刀把部队集合起来，他狠下心把身上最宝贵的大刀和二胡丢下了万丈深渊。

战士们见刘大刀下了如此大的决心，只好含着泪水把身上所有笨重的东西丢弃，开始向前急行军。

作为一名盲人，刘大刀在急行军中遇到了常人难以想象的困难。但凭着坚韧的毅力和战友们的搀扶，刘大刀并没有掉队，他们日夜兼程向前挺进。

那是一个月黑风高的夜晚，刘大刀带领红军向敌军发起猛攻。对于从天而降的红军，敌军毫无戒备，他们根据掌握的情况，原本以为红军至少还要再过三天才能到达。仓促应战的敌军最后一败涂地，落荒而逃。

那场大捷之后，刘大刀从缴获的武器中拿出一把大刀，重新舞起了大刀。大伙惊奇地发现刘大刀舞刀的一招一式依旧是那样刚劲有力，那样游刃有余，那样激情澎湃。

舞完大刀，刘大刀又拿起战士们从敌营里缴获的二胡弹奏一曲《早春二月》。琴声时而铿锵热烈，如水阻江石、浪遏飞舟，时而放浪豁达，如月游云宇、水漫平川……

一名双目失明的指挥官，居然能指挥一支红军部队在敌军的围追堵截中顽强地生存了下来，而且还能节节取胜，这让国民党高层气急败坏，他们调集了大批部队"围剿"这支红军部队。刘大刀根据敌强我弱、敌进我退的原则，带领部队且战且退，最终他把红军队伍带到他的故土，想在这块红色革命阵地休整时日后，再北上与红军的主力部队会合。

刚休整两天，敌军就调集人马，从四面八方把这支红军队伍团团围住。在他们看来，这支红军队伍已经是网中之鱼，只等他们找个时机收网了。

"刘大刀，你说我们下一步棋该怎么走……"黄家法又重复问了一句。

刘大刀拿出二胡，开始弹奏了起来。琴声刚开始时不急不缓，可当一阵寒风袭来之后，琴声陡然变得悲怆委婉，如风啸峡谷，百折迂回，丝丝缕缕，欲断又连。

听得出刘大刀此时的心情有点乱，他在谋划如何才能突出重围。

一阵疾风从身后袭来。

刘大刀停止弹奏，竖起耳朵的他能清晰地听到一只雄鹰飞过头顶所发出的声响。雄鹰在刘大刀的头顶盘旋了几圈后，向着大山深处展翅飞翔。

刘大刀的身子微微颤了一下，原先凝重的脸上透出浅浅的微笑。他重新拿起二胡，现在，他弹奏的是《春江花月夜》，弹奏的过程中，刘大刀把自己的情感融了进去。黄家法侧耳细听，觉得曲子就像一只小鸟在茂密的森林里欢快地飞翔。

从刘大刀的表情，黄家法认定他已经有了突围之计了。果然，刘大刀弹奏完曲子，便把黄家法叫到身边耳语了几句，黄家法紧绷的脸上也露出了笑容。

刘大刀把部队带到乌江山上，他们在山的四周插满红旗，摆出一副以山为根据地死守的模样。其实这不过是刘大刀明修栈道、暗度陈仓之计。他们在乌江山大造声势的时候，黄家法已悄然带领大部分红军沿着刘大刀指定的一条崎岖的小道向前行进。

黄家法带领的部队走出一阵子之后，刘大刀也悄悄地带着剩下来的红军撤离。

敌军完全被刘大刀的计策所迷惑，他们集中兵力向插满红旗的乌江山逼近。

红军按刘大刀指点的那条山路行进，路越走越难、越走越陡。黄家法蹙起眉头，禁不住冒出疑问：沿着这条路能成功突围吗？

当通信员把黄家法的想法告诉刘大刀时，刘大刀果断地做了个劈柴的动作，说："三国时期，邓艾暗度险峻的阴平，拿下了蜀国。现在我们已经被逼入了绝境，只有华山一条路，我们必须一竿子插到底。"

作为一名盲人，在这样荆棘密布的崎岖山路上行进，难度可想而知。好在刘大刀长年在这里生活，对这里的地形一清二楚，所以在战友们的搀扶之下，他还能跟得上队伍。

虽然敌军在四面设下了埋伏，但他们的精锐部队早已被抽去攻打乌江山了，四周的包围此时已形同虚设。当刘大刀带领的部队从一条小路杀出时，敌军根本来不及防备，刘大刀的部队不仅成功突围，还歼灭了大量的敌军。

在敌军的重重包围之下，刘大刀居然镇定自若、游刃有余，打了个大胜战，这让国民党军队的将领颜面扫地。他们派出精锐部队"围剿"刘大刀率领的红军部队。

尽管刘大刀有锦囊妙计，但因敌我悬殊太大，在敌军的围追堵截下，红军部队损失惨重，不得不四处辗转。那段时间，刘大刀一下子苍老了，他为这支部队的前途和未来担心。

一个残阳如血的黄昏，行进中的红军部队遭到了国民党精锐部队的伏击，不得不撤到周围的一座小山头上。步步紧逼的敌军正面猛攻山头，一时间，战场上枪声雷鸣，弹火殷红，硝烟弥漫，杀声震天。

经过几个小时的鏖战，红军队伍虽然守住了山头，却付出了很大的代价。

夜幕降临，敌军又发起了几次进攻，但都被英勇的红军打退了，人困马乏的敌军停止了进攻。

在战场的硝烟散去的时候，精疲力竭的刘大刀倚在一棵大树上，开始拉起二胡。今天，他拉的是一曲《霸王别姬》。黄家法侧耳细听，曲子虽然带着浓浓的伤感，但却透着一股希望和力量，就像星星之火，随时可能燎原。

拉完曲子，面部表情凝重的刘大刀给黄家法下了命令，要他带领红军的生力军立即悄悄离开山头，去投奔红军的主力部队，留下刘大刀一人独守山头，掩护大部队的撤退。

"刘团长，我们是患难与共的战友，要撤离咱们一起撤离，要留下来战斗就一块战斗！"黄家法紧紧攥着刘大刀的手。

"你不要再说傻话了，兵贵神速，赶快带领队伍撤退。"刘大刀有力地甩开黄家法的手。

黄家法紧紧地抱住刘大刀的腿，抽泣道："刘团长，我绝不可能昧着良心甩下你，我宁愿战死沙场，也不愿意苟且偷生。"

"你不是在苟且偷生，我之所以命令你撤离，是希望能保住革命的种子，那是将来革命胜利希望之所在！"刘大刀腰板挺直、语句铿锵。

见黄家法还在迟疑，刘大刀以金属断裂般铮然的口令下达："黄家法，你马上带领部队撤离，这是命令！"

军令如山。

黄家法眼含热泪，带着部队借着夜色，从山头悄悄地撤离了。

第二天天刚蒙蒙亮，敌军又发起了新的一轮攻势，但他们刚攻到半山腰便停了步子。他们听到了琴声，循声望去，只见刘大刀正悠然地坐在一块大岩石上，拉着二胡，他的身后插着许多面鲜红的五星红旗。从刘大刀轻松的表情上，丝毫看不出临战前的凝重。

敌军的指挥官命令队伍停下。他侧耳细听，悠扬的琴声在树林里飞越，没有半点的慌乱和胆怯。这让敌军的指挥官感到困惑：刘大刀究竟是在唱空城计，还是在山头布下奇兵？

敌军指挥官思索了许久，找不到答案的他命令集中炮火，轰炸山头。一时间，山头上硝烟弥漫，但琴声仍然一刻不停地在森林里坚韧地穿越。

炮火越来越猛烈。

琴声越来越悠扬。

敌军指挥官气急败坏，命令部队继续向前挺进。虽然指挥官下了命令，但敌军不知是被刘大刀的琴声镇住了，还是其他什么原因，都不肯继续向前行进。直到敌军指挥官枪毙了两个落在队伍最后面的士兵后，他们才磨磨蹭蹭地向前进攻。

敌军越来越近了，琴声变得越来越高亢。

此时的刘大刀似乎完沉浸在琴声之中，完全不知道敌军在靠近他。

"抓活的。"当敌军指挥官看到刘大刀身边空无一人时，大声喊道，"谁抓到刘大刀，谁就重重有赏！"

当敌军朝刘大刀扑上来的时候，只见刘大刀把二胡奋力朝敌人砸去，并迅速点燃绑在身上的炸药的导火索……

中华人民共和国成立后，身为将军的黄家法来到这座山，在刘大刀牺牲的地方轻轻地坐下。风轻轻地吹过，黄家法似乎又看到了刘大刀的身影——扎着绷带的他坐在一块岩石上，昂首挺胸地拉着二胡，悠扬的琴声在森林里飞扬。黄家法觉得悠扬的琴声就像一汪清水。

琴声停下了，山谷间顿时安静了下来，风轻轻地拂过黄家法的面颊。恍惚之中，黄家法觉得刘大刀正像一座山站在他的前面注视着他，从刘大刀绷带背后射来的目光温暖、犀利、睿智、穿透心灵，这一刻，黄家法流下了滚烫滚烫的泪。

作者手记

　　眼睛是心灵的窗户！红军指挥员刘大刀长得浓眉大眼。为了掩护战友，他的双眼被弹片击中，永远失去了光明。虽然没有双眼的洞察，刘大刀却有了更为犀利和透彻的全局观，他做出的决定深思熟虑，每次作战，按他制定的方案执行，往往能出奇制胜。

　　为了掩护红军部队撤退，他献出了宝贵的生命。刘大刀虽然牺牲了，但在战友心里他还活着，从他绷带背后射来的目光温暖、犀利、睿智、穿透心灵……

五、白云黑水

西北村依山傍水，林木浓郁，绿草如茵，空气清新，是个令人向往的地方。在这个美丽的村庄，有个名叫马前进的小男孩，他性格活泼开朗，有点调皮，爱捣蛋。

马前进的爸爸马阳河是马背上的高手。白天，他经常骑着马儿，载着马前进在草原上奔跑。晚上，马前进入睡前，马阳河都要给他讲一段马的传奇故事。马前进安静地听着，想象的翅膀在天真无邪的眼神里扇动。

童年时代，马前进最大的梦想是拥有一匹属于自己的小马。马阳河觉得一定要满足孩子的要求，为此，他跋山涉水来到集市，为儿子物色马匹。经过千挑万选，最终，买了一匹品种优良的小白马。小白马身上的毛都是白的，软绵绵的像穿了一件白棉袄。它的头上有两只灰色的耳朵，一摇一摆，像两个小孩子在嬉戏。它的眼睛像玻璃球，肚子圆鼓鼓，像吃饱的小胖子。它的四肢粗壮，尾巴像细细的绳子，跑起来速度飞快。

马阳河把这匹小白马起名为白云，当他牵着白云回到家，马前进立即跑上前，欣喜而爱怜地抚摩着白云的鬃毛和脖颈，白云也安静地享受着马前进亲昵的动作。马阳河看到孩子如此喜欢白云，便把他抱到马背上。

白云奔跑速度不算快。马前进也许天生就跟马有缘，骑在马背上，他一点也不紧张，反而摇头晃脑地唱起了歌谣。可能是马前进的声音太大，白云跑着跑着，忽然俏皮地来了个急刹车，马前进跟着往前倾，额头撞到了马脖子上，顿时肿了起来。

马阳河以为儿子会哭，没想到倔强的儿子不仅没哭，反而把嘴凑近白云的耳边，低声对白云说了几名悄悄话。白云似乎听懂马前进的话，又开始快活地奔跑。马脖子上戴着的铃铛发出"叮叮当当"的声响，马背上的马前进听了，感觉自己成了唐僧，正前往西天取经呢。

有了白云这匹乖巧听话，偶尔还会耍点小聪明的小马，马前进太高兴了，他每天都和白云在一起。它休息的时候，马前进就站在旁边给它讲故事，白云在马场漫步，马前进就像保镖与它如影随形。晚上，马前进主动给它上精饲料、梳鬃、刷毛，有时还抱着白云一块睡觉。

随着时光流逝，马前进与白云慢慢地长大，看到儿子与白云之间感情越来越深，马阳河便开始教儿子如何驯马。马前进很聪明，父亲教的驯马本领，他学得很快。时间长了，马前进与白云之间建立了深厚的感情，在语言、态度、坐、卧、跑这些微妙的细节上，都有了默契。

因为有了白云，马前进的生活充满了阳光。那段时间，他的嘴边总挂着这么一句牛气冲天的话："我喜欢骑马，我要当马背上的小英雄！"

在西北村，马前进有个好朋友，名叫黑虎。他是土匪的儿子，脸像黑豆那么黑，人长得清瘦，剃个光葫芦，天灵盖上留着个木梳背儿。在孩子当中，他脾气倔强、调皮好动、喜欢惹事，是村里的小刺头。

村里大多数孩子不喜欢和他玩，马前进却喜欢有脾气的黑虎，他们在一块捣鸟窝、踢毽子、放风筝，玩得很投机。

看到马前进有了一匹听话的小白马，黑虎很羡慕。他当土匪的父亲得知后，想让儿子实现自己的愿望。后来，在一次打家劫舍中，他抢到一匹枣红色的小马，他给这匹小马起了个很好听的名字：黑水，并把它作为礼物送给宝贝儿子。

黑水长得很可爱，眉目俊逸，面部轮廓高傲。黑虎非常喜欢爸爸送的礼物，他走上前，用手轻轻地抚摩黑水的身子。黑水对黑虎的这个举动不欢迎，它掉过头，朝黑虎发出"嘶嘶"的警告。

黑虎并没有把黑水的警告放心上，他霸王硬上弓，骑上黑水。黑水显然对黑虎的这个举动非常反感，它发出一声嘶叫后，前蹄在空中不断划动。马背上的黑虎晃了晃，慌了手脚的他紧勒缰绳。黑虎的这个举动彻底点燃黑水的火暴脾气，它开始狂奔，马背上的黑虎虽然惊恐万状，但身子紧紧地贴着马背，手牢牢地抓住缰绳。

黑水奔跑了一段路之后，发现没有把黑虎从马背上颠下，它渐渐地抑制住野性，慢慢地停下……

以后的日子，黑虎与黑水相处的时候，黑水的坏脾气经常表露出来，比方说不服从黑虎的指令，还会咬人、撂蹄子，甚至冲撞黑虎。黑虎虽然年纪小，但很有心机，他坚决而迅速地制止黑水的坏脾气后，便给黑水奉送上马食。

黑虎这软硬兼施的办法很奏效，经过一段时间的磨合，黑虎摸透了黑水的脾气，黑水也了解黑虎的性格，知此知彼之后，黑虎和黑水慢慢建立了感情。当黑虎再一次骑上黑水时，黑水觉得很开心，载着黑虎在草地上欢快地奔跑。

　　蓝天、白云、鲜花，如同一幅幅优美的画卷从眼前闪过，黑虎顿时心旷神怡，征服了脾气暴躁的黑水，让他处在快乐之中。那一刻，黑虎觉得黑水就是他生命的重要组成部分，他要与黑水相伴一生……

　　马前进和黑虎都有了自己心爱的小马，骑马玩耍成了两人最开心的时刻。两匹同龄的小马也相处得非常和谐，每次见面后，都要互相蹭蹭对方的脸，显得非常开心。

　　马开心了，两个小伙伴更开心，他俩开始玩起套马、驯马、赶马的游戏。

　　玩了一阵子，马前进一个旋脚便飞上马背，缰绳一提，白云就像弦上的箭，随时准备射出，黑虎也不甘落后，飞身上马。

　　两匹小马飞起四个蹄子，在草原上欢快地奔跑。

　　"嗒！嗒！嗒！"清脆的马蹄声响起，马背上的马前进和黑虎好

像在云里滑翔，在江上漂行。

白云和黑水齐头并进，碧绿的草原给了它们足够的驰骋空间，它们扬起鬃毛，四蹄翻飞，尽情地在草原上奔跑，马背上的马前进和黑虎则摇头晃脑地唱起童谣。

白云和黑水跑累之后，便停下，不约而同地发出一声长啸，声音像炮声在山谷间回荡。

不知不觉之中，马前进、黑虎十六岁了。

马前进长得青春阳光，身上有股少年特有的顽强与坚韧，谁如果欺负他，他的眉宇间就会透出让人胆怯的少年英气，他甚至会摩拳擦掌，与欺负他的人决一高下。

黑虎则长得五大三粗，全身黑得像木炭，结结实实，整个人就像用绳子打紧的一个结。前些年，他的爸爸在土匪内斗中丢了性命。去年，含辛茹苦把他养大的母亲因病去世。现在，家里只剩下孤苦伶仃的黑虎，生活过得非常艰辛。

黑虎是个非常爱面子的倔强少年，他小小年纪就在自己的一亩三分田地里辛劳地耕耘，靠收成的粮食勉强养活自己。

白云和黑水也长大了。

白云长得眉目俊逸，体形健壮优美，肌肉饱满发达，脖颈光滑细腻，身体呈漂亮的流线型，尤其抢眼的是，它的浑身雪白，没有一根杂毛。马鬃飘扬如雪尘，马尾挥动如银丝，神态优雅稳重，举止雍容华贵，奔跑起来像一朵随风飘荡的云。它那厚厚睫毛下面闪现的神采庄重且温存，一绺威武的额鬃从头上覆盖下来，更增添了它妩媚的表情。

长大的黑水不仅聪慧，而且是马匹中的优良品种，它腰背滚圆，四肢粗壮，腿关节结实，有着其他马无法相比的强壮和高大。

西北村的百姓生活单调，喜欢看热闹。当他们看到马前进和黑虎骑着马儿在草原奔跑，便怂恿两个孩子进行赛马比赛。两个孩子涉世不深，不假思索地同意了。

赛马时间到了，马前进身着彩绸衣裤，头戴红绿方巾，精神抖擞地骑着白云来到比赛地点。

黑虎看到马前进斗志昂扬，心里打起了鼓，但没过多久，他便恢复了自信。在黑虎看来，黑水块头比白云大很多，平日和白云一块奔跑的时候，他感觉黑水比白云跑得快很多，并且黑水又是公马，哪会输给母马白云？

"马前进，白云肯定不是黑水的对手，你还是认输吧。"黑虎笑呵呵地说。

"我想认输，可我的坐骑白云不答应呀。"马前进信心十足地说。

与马前进和黑虎的剑拔弩张相比，他们之间的坐骑黑水和白云则友好很多。它们见面后，黑水摇着尾巴，拱背跳跃，一副兴高采烈的模样儿，与黑水相比，白云显得羞涩很多。

黑虎说："这次赛马，如果谁输了，谁就要从赢家的胯下钻过去，你敢吗？"

黑虎只是想吓唬一下马前进，可马前进并不胆怯，他昂着头，说："那就一言为定，输了不许反悔！"

黑虎没想到马前进居然反戈一击，他很气愤，开始摩拳擦掌，想让马前进尝尝他的厉害。

随着裁判口哨声的响起，白云和黑水像离弦的箭同时冲出跑道。黑水属于那种膀大腰圆，爆发力极强的马，它在前半程完全领跑，看到黑水领先，黑虎开始卖弄马技，赢得围观者的阵阵掌声。

与黑水相比，白云显得娇小玲珑。前半程奔跑一直是它的弱项，但今天并没有被黑水拉开太大的距离，这给了它底气。到了后半程，马前进策马扬鞭，白云开始发力，只见它长长的马鬃随风飘起，就像一只雄鹰在飞翔。

听到身后的马蹄声越来越急促，黑虎有点沉不住气了。他挥舞马鞭拼命地抽打着黑水，黑虎的急躁情绪直接传染给了黑水，黑水的节奏开始变得有点乱。

白云追上了黑水，两匹马齐头并进。

最后的冲刺阶段，白云越跑越快，黑水则显得有点儿后劲不足，被白云远远甩在背后。

马前进毫无悬念地获得了胜利，他兴奋地昂起头。

败下阵来的黑虎很生气，用马鞭狠狠地抽打黑水，黑水发出一声痛苦的长嘶。看到黑水挨打，白云发出一声长嘶，警告黑虎的行为。

看热闹的村民想看黑虎从马前进的胯下钻过去，可黑虎却死活不钻。心有不甘的他们便开始起哄，甚至有人嘲讽黑虎是土匪的孩子，赛马输了就要无赖。

这刺耳的话传到黑虎耳里，他觉得受到污辱，一赌气，便猛地抽了一下马鞭，黑水像离弦的箭射向远方。

黑虎走后，再也没有回到家乡。后来，村里人了解到黑虎当土匪去了。得知这个消息，马前进心如刀割。

没过多久，抗日战争爆发，马前进的家乡西北村沦陷。血气方刚的马前进骑着白云，逃出日军的魔爪，加入了八路军，成为一名八路军小骑兵。

马前进要想成为一名出色的小骑兵，各种训练固然重要，但驯好马是当务之急。白云是一匹特别聪明的马，经过一段时间的艰苦训练和耐心调教，已经具备成为一匹出色战马必备的素质。训练中，白云将左转、右拐、前进、后退、加速、减慢都掌握得恰到好处。

　　马前进在骑兵连的名气渐渐大了起来，大家再也不敢小视小小年纪的他。马前进非常清楚战友们能对他刮目相看，那是因为他有白云的鼎力相助。他开始把休戚与共的白云当作朋友。在马前进眼里，白云不仅是匹马，还是一个与他并肩战斗的英雄。为了与白云建立更深的感情，每次战斗结束后，马前进都要亲自给白云洗澡，梳理马鬃。

　　白云很有灵性，把马前进的点点滴滴关心和体贴铭记在心头。马前进和它虽然无法通过语言交流，但能用心去体会，用眼神来交流。时间长了，他们之间一眨眼、一举手、一颦一笑都形成了默契。

　　在一次与日军的恶战中，马前进所在的八路军骑兵连被打散，马前进从硝烟弥漫的战场杀出一条血路后，失去与战友的联系。只身进入茫茫森林后，筋疲力尽的他躺在一块大岩石上，不知不觉进入了梦乡。

　　待马前进醒来，发现自己被关在一间低矮潮湿的房间里，同房还关押着几个蓬头垢面、衣不蔽体的男人。他们告诉马前进，他已落入土匪之手。

　　在这片土地上，占山为王的土匪头目名叫鲁军，他年纪三十出头，一脸的凶相。当他得知一名小八路闯入他的地盘被抓后，原想叫手下土匪把马前进杀了，后来听说马前进骑的那匹马在主人被抓之后，滴水不进，不断地朝关主人的小屋发出一声声情真意切的嘶叫，鲁军忽然改变了主意，令手下把白云牵来。他仔细打量白云一番后，禁不住喜形于色，白云具备了骏马的所有特点。

　　当马夫把缰绳交给鲁军时，白云甩动脖子，咴咴嘶鸣，并在地面踩着粗野的步子。但鲁军对白云发出的警告置之不理，他动作娴熟地跨上马背，任凭白云左颠右荡，他都紧紧扣住马缰，驱使白云向左兜圈，接着又逼它向右兜圈。白云被勒得仰头喷气。

　　看到白云被制服，鲁军得意地甩开手中的缰绳，朝手下做了个"V"

的手势。白云等的就是这个机会，它奋力向前飞驰，并在奔跑中来了一个急转弯，鲁军猝不及防，从马背上重重地摔下。手下人见了，立即冲上前去，其中有一位拿着刺刀，想杀死白云，当他恶狠狠地靠近白云的时候，远方忽然传来喊声："慢！"

大伙掉过头，只见黑虎正骑着黑水朝白云飞速奔来。

原来，黑虎与马前进吵架之后，离开村庄，加入了鲁军所在的匪帮。他虽然年纪小，但英勇善战，屡次替山寨立功，深得鲁军的喜爱，被鲁军收为义子。前些日子，他带领手下几名土匪去执行一项任务，归来的时候，黑虎忽然看到有人要朝一匹马下手。黑虎虽然只是看了一下那匹马的轮廓，但还是觉得很熟悉，便大声制止同伴伤害那匹马。

黑水一眼便认出那匹马是他的昔日好伙伴白云，飞速来到白云身旁，摇着尾巴，拱背跳跃，一副兴高采烈的模样儿。那一刻，白云也认出了昔日的好伙伴黑水，它虽然很高兴，但表情却很含蓄。

看到自己心爱的坐骑如此兴奋，黑虎方才认出白云。他问鲁军："干爹，究竟是谁骑着这匹马来到我们的地盘？"

鲁军说："一个名叫马前进的小八路。"

黑虎顿时两眼发亮，心里想：真是冤家路窄呀，自己踏破铁鞋想找马前进雪耻，没想到他居然自己送上门，看来，自己报一赛之仇的机会终于到来了！

鲁军看到黑虎一脸的欣喜，便问他缘由。黑虎便将自己与马前进之间的恩恩怨怨一五一十地说了出来。

鲁军听完，笑着拍了拍黑虎的肩膀："孩子，明天你和马前进赛一次马，一定要把他赢了，出一口恶气！"

第二天一大早，鲁军叫手下人把马前进放出，让马前进骑着白云与黑虎的坐骑黑水赛一次马。

马前进被看守人员带到马场，重新见到朝思暮想的白云。几天不见，马前进发现白云比以前瘦了，它傲立在马群中，一副威武不屈的模样儿。见到马前进的一刹那，白云仰起头，发出一声地动山摇的嘶鸣后，不顾一切地奔来，马前进也快步上前，紧紧地抱住白云的头。

马前进与白云一阵亲热之后，飞身上马，感觉又回到冲锋陷阵的战场。

过了一会儿，黑虎在手下的簇拥下登场。他的坐骑黑水较以前变得更剽悍，只见它浑身上下火炭般赤色，俊眼闪光，长鬃飘逸，尖尖两耳耸立，闪闪毛滑如漆，嘶声如雷，有腾空入海之势，奔腾大地之威。

"马前进，还记得我吗？"黑虎冷冷地问。

"怎么不记得，儿时的好伙伴黑虎呗。"马前进笑容可掬地朝黑虎伸出手。

黑虎没握马前进的手，他冷冷地说："我们不是好伙伴，是冤家。上回你赛马赢了我，让我在父老乡亲们面前丢尽了脸，这回，你来到我的地盘，我要一雪前耻。"

"黑虎小弟，我早就把赛马的事忘记了，我们还是叙叙旧情吧。"马前进说。

"可我没忘记。"黑虎咬牙切齿地说。

看到黑虎一定要和他比赛马，马前进决定接受挑战，并向匪首鲁军提出一个条件：如果他能在比赛马中胜出，就光明正大地骑着马离开山寨。

鲁军同意了马前进的条件。

随着一声枪响，起跑线上骤然卷起一道烟尘，扬鬃舞尾的黑水闪电般向前飞奔，一下子便将白云甩开。

马前进虽然落后，但并不慌乱。他知道白云后劲十足，经常表演大逆转的绝活儿，白云有条不紊的步子，更增添马前进取胜的信心。

看到黑水领先，鲁军的手下兴致勃勃地擂起战鼓。这让奔跑中的黑水更加兴奋，只见它四蹄生风，大有天地任驰骋的气势。黑水这种笑傲江湖的霸气让黑虎信心爆满。他掉过头，瞧一眼被远远甩在身后的马前进，觉得自己这些年马技在突飞猛进，而马前进则失去当年咄咄逼人的锐气，显得不堪一击。放松警惕的他爱出风头的老毛病犯了，他忽而挥臂加鞭，忽而将上身藏在马脖子一边，那令人眼花缭乱的骑技博得手下阵阵喝彩。

半程之后，白云忽然加快了步频，慢慢地逼近黑水。黑虎这下有点儿慌了神，他整个人前倾。黑水虽然速度加快，但身后的白云紧追不舍，黑虎顿时焦躁起来，频频抽打马鞭，黑水玩命地向前疾奔，白云依旧步步紧逼。

离终点还有百余米的时候，马前进猛地抽了一下鞭子，心领神会的白云开始强有力地冲刺，箭一样射向前方。

赛场上马蹄声声，尘土飞扬。

两匹马齐头并进。

按比赛约定，到达终点前，两匹马都要跃过一个障碍物。

对于马匹跃障碍物，马前进在骑兵连多次骑着白云训练过，颇有心得——在跃障碍物之前，马前进通过膝盖压迫，让白云感受到主人发出的必胜电波。马前进的自信让白云瞬间爆发出强大的向前力量，它奋力冲向障碍物。

"呼——"如同一阵疾风，两匹马同时跃过障碍物。

白云跳跃的时候，起跑、腾跃、收腿的节奏掌握得非常好，落地那一刻，它并不像其他马匹会停顿一下，而是继续飞速向前。

黑水跃过障碍物后，打了个趔趄。等它稳住身子，白云早已一骑绝尘，毫无悬念地取得胜利。

马前进抽了一下马鞭，想让白云迅速离开这个是非之地。但白云一反常态，它并没有向前疾走，而是时不时回头。

马前进知道白云在寻觅黑水。

此时，鲁军忽然开口："马前进，你和白云表现实在太出色了，我决定刀下留情，但你不能走，必须留下！"

鲁军之所以不让马前进走，是因为他觉得马前进虽然小小年纪，但智勇双全，如果他肯入伙，山寨就如虎添翼。那些日子，鲁军好鱼好肉招待马前进，可马前进身在曹家心在汉，他想念八路军的战友，怀念驰骋沙场的岁月，随着时光的流逝，归队的想法变得越发强烈。

鲁军见马前进一门心思要离开山寨，便派黑虎做他的思想工作。这回比武，黑虎输得心服口服。他与马前进冰释前嫌，两人经常在一块谈论童年的往事，幸福的表情生动地写在他俩红通通的脸上……

随着时光的流逝，马前进变得归心似箭，白云却乐不思蜀。

黑水是公马，白云是母马。作为战马，为了不因发情而干扰作战，都要进行阉割，成为骟马。到八路军军营之后，尽管马前进不愿意，但白云还是进行了阉割。阉割的时候，白云哭天喊地。马前进听了，就觉得那刀是割在他的身上，他也哭成了泪人。黑水的命运也好不到哪去。黑虎加入匪帮之后，鲁军怕它发情，就命令手下将它阉割。黑虎看到爱马痛得嗷嗷叫，也哭得稀里哗啦。

黑水和白云成为骟马之后，处于青春期的它们情感得到了压制，但这并不影响它俩之间的交流，它们耳鬓厮磨，彼此挠背，平日共享一个食盆。早晨，它们在草原上无拘无束地奔腾着、跳跃着、喧嚣着、嘶鸣着，如同狂风暴雨，又似惊涛骇浪。傍晚来临的时候，它们亲昵地并肩齐行，晚霞下一白一黑，相得益彰，宛若一幅天成的国画。

马前进和黑虎对它们的关系心知肚明，但谁也不发表意见。

一天傍晚，马前进和黑虎在山寨散步。走出好一段路之后，黑虎说："马大哥，我发现白云与黑水很亲密呀。"

马前进放眼望去，只见黑水正与白云一块玩耍。黑水拥有高大的身躯，长长的颈项，柔顺的鬃毛和飘逸的尾巴，无不展示出马的雄壮和力量。与黑水相比，白云显得娇小玲珑，它们在空旷的草地漫步，说着谁也听不懂的话。

看到自己的爱马与黑水玩得这么开心，马前进脸上露出欣慰的笑容。

黑虎狡黠地望了马前进一眼，说："马大哥若留下，黑水与白云就可以天天厮守在一块。"

鲁军和黑虎都非常希望马前进留在山寨，但马前进坚持要离开。看到他去意已决，鲁军虽然不舍，但最终还是同意了。

离别的那一天，黑虎骑着黑水陪马前进下山寨，途中，黑水和白云都低垂着头，一副依依不舍、儿女情长的模样。

到了分手的时候，白云像南飞的孔雀，一步三回头。

黑水目送着白云远去的背影发愣，当白云的身影从眼前消失，黑水发出一声动人肺腑的长啸。

白云在山谷奔跑，听到黑水的长啸声，变得躁动不安。它不断地踢蹶子，前蹦后窜，左蹬右踢，连嘶带鸣。白云出现如此反常的举动，马前进从来没有经历过，他十分生气，猛抽马鞭，企图驯服白云。岂料，此时的白云已完全不听指挥，它狂躁不安，身子耸动得比以前更厉害。白云忽然变得如此叛逆，让马前进始料未及，也让他失去理智，他使劲地抓它、夹它、踢它。白云发出悲愤的嘶鸣，狂蹦乱跳。马前进和白云对抗着、较量着，人和马的撞击仿佛要迸出火花。最终，马前进经受不住剧烈颠簸，从马背上重重地摔下。

白云朝黑水飞奔而去。

倒在草坪上的马前进极为痛苦与失望，他没想到一向温顺的白云会背叛主人。

在黑水跟前，白云停顿下来。

黑水摇着尾巴想让白云跟它走。出人意料的是白云并没跟上，它呆呆地立在那里，心里似乎藏着割舍不下的东西。

"白云！白云！白云！"远处传来马前进滚雷般的喊声。

听到熟悉的声音，白云高高地仰起头，发出一声长啸，山谷间经久不息地回荡着夹杂着痛苦、伤感、无奈的啸声。当内心的情感得到淋漓尽致的抒发之后，白云掉过头，义无反顾地朝山谷跑去。

寂静的山谷里，飞奔的白云长鬃被风点燃，就像一团火焰在绿色的森林的激情地跃动。马前进身子一颤，猛然醒悟：这是一团熊熊燃烧的烈火！马的筋骨和奔流的血液，便是这团烈火的柴薪。

刹那间，马前进的双眼湿润了。

奔跑的白云在马前进身旁停下，它晃了晃脑袋，用湿润的鼻翼和嘴唇在马前进头上摩挲着。

马前进的目光定定地望着白云，他发现白云还没有完全从悲伤的情绪中缓过神。它两眼血红，喘着粗气，不时地甩着脑袋，唾沫星子喷洒着，显然，它还在与马前进赌气。

马前进和白云就这么僵持着。

马前进与白云相处这么多年，白云发这么大的脾气，他还是第一次看到。为了做好爱马的思想工作，马前进说："白云，你是一匹战马，只有战场才是你大显身手的舞台。一马当先，鼓角齐鸣，每一声长嘶都是响亮的号角，每一次奔跑都是神圣的使命，那才是战马的归宿呀！"

白云似乎听懂了马前进的话，脸部表情不像刚才那么愤怒了，它抬起头，两眼直直地望着马前进。

平日，马前进喜欢与白云对视。在马前进的心目中，马是一种绝顶聪明的动物，就像《西游记》中的白龙马，是通人性、懂感情的动物，与它对视，可以读懂它的心灵与思想。

今天，在与白云的对视过程中，马前进仔细地观察白云面部表情和眼神。此刻，白云的表情已经平静了下来，眼神像一潭深泉，但马前进还是从它深不可测的眼神里读出内心的期盼。

马前进向前一步，紧紧抱住白云的脖子，轻声细语地说："白云，等八路军打败了日本鬼子，再回来找黑水，好吗？"

马前进这么一说，白云终于妥协了，朝马前进发出异常温情的轻鸣后，低下了倔强的头。马前进觉察到一种冰凉的玩意儿在它脸上恣肆纵横，伸手去摸，抓在手里都是浑浊的泪水。

马前进顿时松了一口气。

清澈的溪水边，马前进把白云刷洗得白白净净，鬃毛梳理得齐齐整整，于是，一匹线条优美的战马在绿草如茵的土地上跃然而出。

"立正！稍息！"

听到马前进的口令，白云抖擞精神，甩了甩鬃毛，立住四腿，又叉开四腿，高傲地昂起头，一副整装待发的模样。

马前进骑上白云向前飞奔。

历经千辛万苦，马前进终于找到了八路军骑兵连。他的回归，让战友们非常开心。

几天之后，骑兵连接到了上级命令，要求部队开拔到一个偏僻的地方。骑兵连在崎岖难行的山路辗转后，来到了鲁军原先所在山寨的附近。那天，白云显得异常兴奋，它在前面疾驰，马蹄声如鼓点骤雨，马蹄扬出的泥土、草屑四处飞溅。

到了山寨边，马前进发现那里格外清静，便觉得很困惑。这时候，一位老人刚好路过，他说，山寨里的鲁军匪部已经不存在了，三个月前，日军在山寨边的村庄烧杀掳掠，犯下滔天罪行。鲁军身为草寇，尽管也干了许多为人不齿的勾当，但还是有爱国心的血性男儿，看到日军为非作歹，义愤填膺的他决定偷袭日军。

一个月黑风高的夜晚，鲁军带领手下冲进日军军营，黑虎紧随义父身后。

日军显然对鲁军的偷袭有所准备，他们调集精锐部队与鲁军的人马交战，一时间，战场上硝烟弥漫，血肉横飞。由于日军训练有素且装备精良，鲁军的人马很快便处于下风。鲁军牺牲后，黑虎血染战袍仍坚持战斗，最终，他倒下了。只见他身体前倾，那如虹的目光，山脊般的骨架，紧握战刀的姿势，是男子汉视死如归最直观的体现。

主人战死沙场后，黑水跪在主人的身旁，发出一声声令人肝肠寸断的悲鸣。

日军恶狠狠地冲向黑水，用枪托使劲地敲打黑水。黑水一声嘶叫，扬蹄一脚蹬翻一名日本兵，并以排山倒海的气势撞向日军，日军顿时被黑水撞得人仰马翻。日军原先想把黑水当作战利品，但看到它如此狂野，便向黑水开枪射击，子弹倾泻在它身上，黑水顿时血迹斑斑。在生命的最后一刻，它深情款款的目光投向血染战袍的主人，然后，发出一声充满悲壮、动人肺腑的长啸，倒在了主人的身旁……

老农说话的时候，白云眼睛睁得雪亮，肚皮上的肌肉紧张地收缩着，鼻孔张得老大。

由于天色已晚，部队在山寨附近安营扎寨。

在黑虎和黑水合葬的墓前，马前进与白云一块为他们守夜。只见白云屈跪前腿，睫毛眨巴两三下，大颗的泪珠滑了下来……

马前进的眼里泪花点点。

第二天早晨，军号声响起，马前进和白云依依不舍地离开了小丘。

骑兵连继续开拔。

马前进骑着白云，奔跑在骑兵连的前列，他的脑子一片茫然。

冥冥之中，马前进隐隐约约听到了马蹄声，这声音越来越清晰，马前进的内心猛地一震，抬头望去，远方朦胧地带，黑虎正骑着黑水奔来。

马前进一阵欣喜，他拍了一下白云，白云立即领会了主人的意思，向前飞奔。那一刻，骑兵连所有战马都心有灵犀地给它让出一条道。

白云奔跑越来越快，它超越了所有战友，奔跑在骑兵连的最前方。

马前进弓着身子伏在马背上，身子似与白云合成了一体，他觉得白云的灵与肉已经注入自己的血脉，渗入自己的骨髓，这一刻，他体会到人马合一的美妙感觉。

白云一路狂奔到了山顶。马前进抬起头，黑虎和黑水忽然消失在茫茫云雾之中，眼前的幻觉消失。马前进觉得非常痛苦，他跳下马，抱住白云。

白云使劲地扭过脖子，它并不想让主人看到大滴大滴的眼泪正汹涌流出，它的喘息声变成了呜咽。

马前进也失声痛哭，他的脸紧紧地贴着白云，人与马的泪水顿时交融在一块。

马前进深情地望了白云一眼，白云也定定地望着主人。

这些年，马前进与白云忠贞地相守，共同奔跑，共同战斗，共同生活，白云甚至可以为马前进付出生命。

人马合一，一世相依。对于马前进来说，有了这么一匹对他忠心耿耿的战马，他此生还有什么不满足的呢？

马前进伸出手，轻轻地把白云的身子揽在怀里，轻声说："白云，我们继续出发吧！"

白云似乎听懂了马前进的话，它高傲地昂起头，两条后腿直立，两条前腿向内勾紧，整个身体竖了起来，发出一声令人肝肠寸断的长嘶后，重新振作精神，像展翅的鹰向前飞奔。

马蹄声声，那是擂响的战鼓，那是冲锋的军号……

作者手记

战马白云与黑水聪慧而又忠心耿耿，和它们的主人患难与共、心心相印。两匹战马情深意浓。与黑水离别时，白云伤感而又无奈。当黑水战死沙场，白云发出一声声令人肝肠寸断的悲鸣。动物的灵性与情感远远超乎我们的想象。白云的主人与黑水的主人，则是一对从小一块长大的好兄弟，他们惺惺相惜，铁骨铮铮。在抗日战场上，小小年纪的他们奋勇杀敌。黑水的主人黑虎血染战袍，壮烈牺牲。白云的主人马前进化悲痛为力量，骑着战马继续前进。

六、口哨

　　黄春丁出生在闽清一个山清水秀的小山村。1949 年，年方十七的他参军入伍。黄春丁长得眉清目秀，个子不高，身子骨也单薄，一眼看去，很容易让人想到一匹刚刚能站立的小马，或是一只怎么飞也飞不高的小鸟。可经过战火的洗礼后，他的脸上有了略显沧桑的抬头纹，乌黑的眉毛向上挑起，右手因为长期握枪，虎口处起了厚厚的老茧。

　　抗美援朝战争爆发后，黄春丁作为志愿兵中的一员，雄赳赳、气昂昂地开赴朝鲜。到了朝鲜战场，他所在连队与美军遭遇，战斗在 207 高地打响。美军在飞机和火炮的掩护下，以两倍于我军的兵力，向 207 高地发起猛攻。经过三天两夜的激烈战斗，连队战士伤亡严重，被迫放弃地面阵地，退守坑道。

　　连日来，美军不分昼夜向坑道发起进攻，用火焰喷射器向坑道口喷射烈火，坑道里的空气仿佛在燃烧，气温急剧上升。为了守住坑道，战友们开始凿炮眼。按照连长的安排，一班班长吴平忠和黄春丁分到一组，吴平忠抡大锤，黄春丁扶钢钎。

　　吴平忠打铁出身，来自东北某小镇，比黄春丁大五岁。他不仅打仗勇敢，而且风趣，即便战场上子弹在身边飞来飞去，也会面不改色地与大伙谈天说地。

此刻，吴平忠每砸一个重锤，钢钎都要剧烈地颤动，黄春丁单薄的身子便开始晃动，身上落满尘埃。吴平忠见状，心疼地说："孩子，累了说一声。"黄春丁瞪了吴平忠一眼，倔强地回应："班长，不累，继续捶！"

战友们顽强抵抗，顶住了美军不断发起的攻击。坑道虽然守住了，但滴水无存，战友们嘴唇已经完全裂开，嗓子像着了火，连唾液都咽不了……

激烈战斗之后，全连只剩下十多个战士，数黄春丁伤势最轻——只在背部被划破一道伤口。他口干舌燥，早已按捺不住内心的焦虑，操着浓重的口音对连长说："连长，与其在这里渴死，还不如让我去找水。"

吴平忠一听，便挡在黄春丁身前，嚷道："连长，黄春丁还是个孩子，还是让我上吧。"

连长板着脸说："平忠，你伤口刚包扎好，不能去。"

原来，刚才敌机前来轰炸，吴平忠看到美军飞机扔下炮弹，感觉到危险的他将黄春丁压在身下。

狂轰滥炸之后，美军飞机飞走了，吴平忠却因掩护黄春丁受伤。现在，他又主动请缨出战，连长不同意，黄春丁更不愿意，奋力将挡在身前的吴平忠一把推开："班长，你小瞧人，我一定要让你们刮目相看。"

黄春丁气吞山河的架势让连长非常满意，他紧紧握了一下黄春丁的手："拜托了！"

黄春丁背着十多个水壶准备出发，吴平忠在他耳边嘀咕："孩子，你完成任务后，给我吹鸟叫的口哨，我用鸟叫的口哨回应。"

残酷激烈的战场，吴平忠找到了减压的最好方式——吹口哨。部队休整的时候，大伙都想找些乐子，便嚷着让吴平忠给他们吹口哨。吴平忠也不推让，只见他将拇指和食指圈起，形成"OK"的手势，将惯用手的拇指向内弯曲，食指也微微弯曲，两根手指指尖轻轻相碰后，他两眼一瞪，两腮一鼓，口哨声就像泉水喷薄而出。

每次吴平忠吹口哨，黄春丁总是侧耳细听。吴平忠的哨声玲珑多变，婉转动听。黄春丁作为吴忠平的跟屁虫，听到吴平忠的口哨声，一脸的陶醉，恍惚中，他觉得紧握的步枪枪口插上了鲜花，芬芳顿时弥漫整个世界。

吴平忠吹完口哨，脸上洋溢着幸福的微笑。黄春丁问他为何如此高兴，他意味深长地抛下一句话："口哨声会养人！"

黄春丁觉得吴平忠在玩深沉，但不管怎么说，他的口哨动听，有内涵，黄春丁便拜师学艺。

作为一个热心人，吴平忠耐心地教黄春丁吹口哨。他说，吹口哨时，嘴呈圆形，舌头尖抵着口皮，由圆形嘴中间空地，使劲向外吹……

黄春丁按吴平忠教的做，可总是吹不好，声音在空中打了个弯便没了，他向吴平忠讨教。吴平忠笑眯眯地说："多练习！"

黄春丁经过训练，慢慢地掌握吹口哨的技巧，只见他舌尖顶住下牙内侧，舌头尽量向上拱起，两腮用力，双唇收拢，气发丹田，然后，短促有力的口哨声响起。

黄春丁吹口哨技艺突飞猛进，让吴平忠刮目相看，他甚至用青出于蓝而胜于蓝来形容黄春丁的口哨技艺。

　　那段时间，黄春丁尝到了吹口哨的快乐。激烈的战斗结束，面对硝烟弥漫的战场，黄春丁缓缓地从战壕起身，从容地抖掉身上的灰尘，舒舒服服地伸个懒腰，尔后，他开始眺望远方的缕缕流云，一声悦耳的口哨声不经意间从嘴里滑出，悠悠地飘向蓝天白云……

　　因为口哨，黄春丁和吴平忠有了心心相印的默契，听到对方发出的口哨声，就能判断出彼此的距离。

　　黄春丁出发了，爬出坑道后，他缓缓地匍匐前进。大炮在身边轰隆作响，照明弹在山峦上空闪耀，他毫不畏惧，继续向前爬行。在一个黑漆漆的山洞边，他停下来，把耳朵贴在岩壁上。

　　"叮咚、叮咚"的声音从远处轰隆炮声的间隙传入黄春丁耳朵，他顿时振奋精神，钻进山洞。

　　"叮咚、叮咚"，清泉从岩壁的缝隙流出，滴入一个缸子般大小的水潭，发出美妙的声音。黄春丁高兴极了，一个水壶接着一个水壶装满水。待每个水壶都装满水之后，黄春丁朝连队阵地吹了一声鸟叫的口哨，这口哨声节奏轻快，悠扬动听。

　　吴忠平接到暗号，立即拿起望远镜，侦察美军的动静，觉得安全之后，给黄春丁发出可以回归的口哨声。

　　黄春丁心领神会，缓缓地向阵地爬去。

　　美国兵发现黄春丁往阵地爬，急忙朝他开枪。

　　"砰！砰！砰！"子弹从黄春丁耳边呼啸而过。

　　求生的欲望让黄春丁加快爬行速度的同时，身体微微倾侧，敏捷地躲避着炮火。

　　战友们为了掩护黄春丁撤退，朝美军阵地猛烈进攻，压制了美军的火力。

　　就在黄春丁快爬到阵地时，美军连续打了两枚照明弹，其中一枚在黄春丁头顶爆炸。黄春丁只觉得雪崩一样的强光涌进瞳孔。他参加战斗那么多次，但照明弹在头顶爆炸还是第一次经历，他被吓了一大跳。

发射照明弹之后，美军朝黄春丁所处位置发起了猛攻。一枚炮弹落在附近，瞬间，他的四周尘土飞扬，脚下的土便有了一股难闻的焦味，把黄春丁呛得咳嗽不止。

远处飘来一阵口哨声，这声音百转千回，余音绕梁，黄春丁知道是吴平忠在吹口哨。他侧耳细听，觉得口哨声中潜藏着凝重的松涛之声，透着一股刚强和不屈，就像暴风骤雨中的松柏，无论风吹雨打，始终昂着头。

黄春丁的身躯顿时蓄满了力量，他咬紧牙关，继续向坑道爬去。美军的火力更猛了，他忽然听到一声沉闷的枪声在身旁响起，紧接着，身上的一个军用水壶猛地撞击了一下身子。

黄春丁继续奋力爬行，心里只要一个念头：哪怕只有一口气，也要爬回坑道。

黄春丁离坑道越来越近，可体力严重透支，有点爬不动了，开始大口地喘气。这时候，吴忠平从坑道里伸出粗大的手，使劲将他拽入坑道……

水比子弹更金贵，战友们喝了水，干涸的身子获得滋润，便重新抖擞起来，打退了敌人一次次进攻。

战斗结束后，战友们都哭了。对于他们来说，这军用水壶好比救命稻草。其中，黄春丁哭得最伤心，因为他的那个军用水壶替他挡下了美军射来的子弹……

207 高地战役结束后，黄春丁又随部队转战南北。作为一名南方兵，朝鲜给黄春丁留下最深刻的印象就一个字——冷。当时正值朝鲜最寒冷的季节，白天零下二十摄氏度左右，晚上最冷的时候能达到零下三十五六度。因为作战物资极其匮乏，在零下三四十摄氏度的高山丛林，连队官兵没有厚衣服穿，好多战友的脚趾冻掉，耳朵和手指都冻坏了。在这样艰苦的环境下，战士们特别需要能让他们为之一暖的精神食粮。大雪纷飞的行军路上，战士们疲惫不堪，休息的时候，他们把围在吴平忠身旁。

"吴平忠，唱一曲！"

"吴平忠，唱一曲！"

大伙涨红脸扯起嗓子吼，并有节奏地鼓掌。

吴平忠像猴子一样支起耳朵听大伙的喊声，当他认为大伙的喊声有足够分贝，便慢悠悠地站起身，踱着方步，亮开嗓门唱自编的歌曲《讨个媳妇把家还》："我是一名光荣的志愿军战士，决不屈服于冰雪，哪怕是冻死，我也要高傲地耸立在阵地上。只要我活着，就誓死保卫祖国，跟敌人拼到底，等打完胜仗，就快快乐乐把家还，二亩田地一头牛，老婆孩子热炕头，哎嘿哎嘿哟……"吴平忠的普通话不标准，带着浓浓的北方腔调，可他的歌有烟火味，且把对未来美好生活的遐想融入，听起来就显得有血有肉、荡气回肠了。

吴平忠唱完，瞄了一眼身旁的战友，看到他们意犹未尽，便转身朝着祖国的方向，用口哨把曲子吹了一遍。他的口哨声轻松快乐，潇洒飘逸，蕴含着铁血柔情。战友们陶醉其中，目光向祖国的方向眺望，脸上便有了憧憬的光彩……

后来，平阳阻击战役打响，黄春丁所在连队参加这场激烈的战斗。连长经过仔细侦察，发现美军火力的死角，便决定派出精兵强将快速穿插上去，这个艰巨的任务交给吴平忠的一班。

吴平忠带领战友们临危出发。他们行动一致，消失在烟雾中，又越过烟雾，出现在山谷的另一边，队伍相互靠拢，前后衔接。子弹嗖嗖响着从他们身旁飞过，炮弹在他们眼前爆炸。在美军密集的炮火面前，吴平忠和战友们沉着冷静，在美军枪炮声偶尔间断的一刹那，他们迅速冲向高地的斜坡，向死角处进发。

美军对这支突然出现的小分队高度警惕，立即出动四架战机，封锁了他们进攻的路线。面对敌机的扫射，吴平忠机警地吩咐战友拉开距离往前跑。

在所有战士中，黄春丁最年轻，体力也最好，他一马当先冲在最前方，吴平忠紧随其后。

美军战机开始不断地投掷炸弹，其中几发从天而降的炮弹朝黄春丁呼啸而来。眼见黄春丁危险，吴平忠一个箭步冲上前，把黄春丁扑在身下。

"轰！轰！轰！"几发炮弹同时在黄春丁身边炸响。

巨大的炮声让黄春丁瞬间失去了知觉，他醒来后，发现压在他身上的吴平忠鲜血淋漓，身上千疮百孔。

"班长，班长，你醒醒！"黄春丁紧紧地抱住吴平忠血肉模糊的身子，大声疾呼。

此刻，吴平忠身上还带着体温，五根手指伸得像铁轨一样笔直。作为吴平忠最亲密的战友，黄春丁真切地感受到他对生的极度渴望。

"班长，班长，你醒醒！"黄春丁声嘶力竭地呼喊。

吴平忠微微动了一下身子，就像湖面微微荡起波纹，很快便恢复了平静，手也开始变得冰冷。

黄春丁并不放弃，拼命呼唤着吴平忠的名字。过了好一阵子，吴平忠终于慢慢睁开眼睛，呻吟道："春丁……我困了……想打个盹。"

吴平忠的声音很微弱，好像说给自己听，又像是离别前的告白。

黄春丁抱着吴平忠拼命哭喊，但吴平忠却不再醒来，他长眠在了朝鲜战场。

黄春丁抹去泪水，雄狮般跃起，咆哮着冲向敌营……

那场激烈的战斗，黄春丁所在连队击溃了强大的美军。但黄春丁却失去了自己最亲密的战友，这让他对美军充满了仇恨。以后的日子，每次战斗打响，他都冲锋在前，子弹击伤他的左臂，他没退缩，子弹击中他的腿部，鲜血直流，但他依然向前冲锋了好几步，直至重重地跌倒……

由于受伤，黄春丁无法参加战斗，被抬下战场，送回祖国疗伤。

伤好之后，朝鲜战争结束，黄春丁退伍了，他背着那个曾救过命的旧军用水壶回到闽清某山村。按照规定，组织安排他到市里一家工厂当车间主任。他从来没接触过工厂，又没有多少文化，弄不懂那些数据，怕当不好，便申请回村。在他看来，自己熟悉农具和庄稼，是种地的好把式。组织部门很快批准他的请求。黄春丁回到家乡后，担任村生产队队长，他的爱情也开花结果，娶了美丽贤惠的媳妇林玉珠。在那个年代，黄春丁走起路来，脚下呼呼地带着风，有种排山倒海的气势。村庄在他的带领下，农业生产蒸蒸日上。后来，黄春丁年纪大了，体力跟不上，便急流勇退。

黄春丁赋闲在家后，经常来到梅溪边，当昔日影像如同一叶轻舟从梅溪漂过，他淡淡一笑，心情又平静下来。随着年龄的增长，黄春丁的喜怒哀乐早已内敛于心，他像沉默的梅溪，静静地流淌，静静地思索。

黄春丁想念那些长眠在朝鲜战场的战友们，他开始写抗美援朝的回忆录。写作的时候，身旁总搁着一个破旧的军用水壶。这个留着弹痕的军用水壶，油漆都快掉光了，黄春丁却把它当成掌心里的宝。

黄春丁不停地写，累了，他就用左手轻轻地抚摩右手虎口边的老茧。作为从战争年代走过来的老兵，虽然黄春丁多年没摸枪，但右手虎口边的老茧就像从母体中带来的胎记，永远跟随着他。

黄春丁抚摩老茧的动作缓慢且温柔，一寸有一寸的爱，一寸有一寸的痛。恍惚之中，他穿越回到战场。想起牺牲的老班长和战友们，禁不住吹起了口哨。次数多了，黄春丁觉得自己不是在吹口哨，而是在唱一曲老班长和战友们的挽歌。

日子一天天向前流淌，黄春丁开始变得寡言少语，面对媒体的采访，他三缄其口。有位年轻的女记者尽管吃了闭门羹，但锲而不舍，在她的死缠烂打下，黄春丁终于接受了采访。他从身上摸出一个子弹头，把它搁在那个军用水壶凹下去的部位，子弹头和军用水壶凹下去的部位严丝合缝。

黄春丁面色凝重地说："这就是当时嵌在军用水壶上的那颗子弹头，这些年我一直保留着它。每次看到它，我总会做这样的假设，如果不是军用水壶，它将射进我的身体，我可能再也看不到这个世界，再也回不到我美丽的家乡……"

黄春丁一时哽咽。

女记者继续问："春丁大伯，你对抗美援朝战争有什么看法？"

黄春丁想了想，把心里话抖出："我们在朝鲜战场出生入死，是因为我们爱祖国的亲人，企盼我们的子子孙孙过上祥和的日子。

在这个世界上，最坚硬的东西是正义与和平，不是武器。"

"假如战争再次降临，你会如果抉择？"女记者穷追不舍。

黄春丁忽然兴奋起来，猛一抖擞，全身肌肉唰地绷紧，响亮地回答："我虽然老了，但身上的根根骨头都坚硬如铁，只要祖国需要，我照样可以当兵入伍，在战场上冲锋陷阵，保家卫国！"

此刻，黄春丁的体内注进了一种奇异的东西，膨胀了他的血管，一股前所未有的力量渗透肌肉，抚过骨骼，凝于指尖，使他的手如同出鞘利剑，直指前方……

作者手记

　　黄春丁十八岁参加抗美援朝战争。他与班长吴平忠结下了深厚的友谊，他们用口哨抒发自己对家乡的思念，战场上，又用口哨作为接应暗号。后来，吴平忠为了保护黄春丁献出宝贵的生命。黄春丁回国后，想起老班长，便会情不自禁地吹起口哨……

　　战场上，战友生死与共。校园里，同学之间情深意重，让欢快的口哨声承载着孩子们的梦想飘向蓝天白云吧。

第二部分　兵歌嘹亮

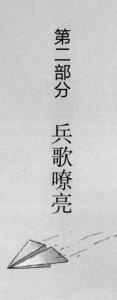

一、你看你看月亮的脸

一轮弯弯的月亮悬在空中。

月亮下面是一片茂密的森林。

茂密的森林下面坐着两个士兵。

士兵的左侧是一条窄窄的原始森林小路，小路起起伏伏、弯弯曲曲地伸向远方；士兵的右侧是一间小木屋，小木屋是原始森林防火站。

老一点的士兵名叫张四平，一级士官班长，明天他将退役回家；年轻一点的名叫吴天平，明天他将接替张四平成为原始森林防火站一级士官班长。

张四平的目光向四周扫了扫，无边无际的原始森林就像波浪一样，一浪一浪荡漾开来，那起起伏伏的林海就像张四平的心一样起起落落。对这片茫茫森林，张四平再熟悉不过了，从当新兵的那年起，每年防火期，张四平都要来到这片森林，站在瞭望台上，他用目光，不，是用心灵去读这片森林，这片森林早已融进了他的生命。想起明天就要离开这里，他的心头涌动着淡淡的惆怅。

吴天平的目光扫了扫老班长张四平，从老班长的脸上，他读出了

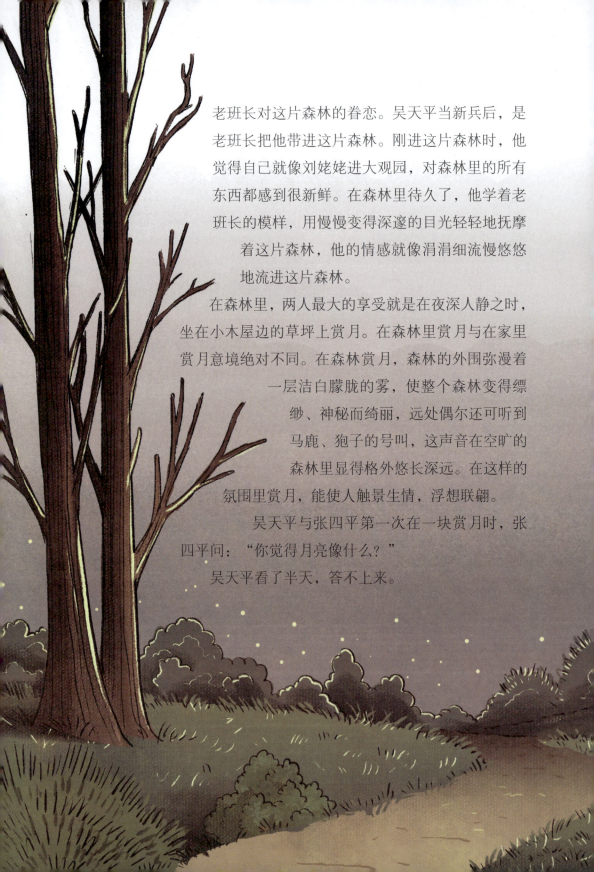

老班长对这片森林的眷恋。吴天平当新兵后，是老班长把他带进这片森林。刚进这片森林时，他觉得自己就像刘姥姥进大观园，对森林里的所有东西都感到很新鲜。在森林里待久了，他学着老班长的模样，用慢慢变得深邃的目光轻轻地抚摩着这片森林，他的情感就像涓涓细流慢悠悠地流进这片森林。

在森林里，两人最大的享受就是在夜深人静之时，坐在小木屋边的草坪上赏月。在森林里赏月与在家里赏月意境绝对不同。在森林赏月，森林的外围弥漫着一层洁白朦胧的雾，使整个森林变得缥缈、神秘而绮丽，远处偶尔还可听到马鹿、狍子的号叫，这声音在空旷的森林里显得格外悠长深远。在这样的氛围里赏月，能使人触景生情，浮想联翩。

吴天平与张四平第一次在一块赏月时，张四平问："你觉得月亮像什么？"

吴天平看了半天，答不上来。

　　"像姑娘的脸。"张四平说罢，脸上挂出了一轮红月亮。

　　这时的张四平正与他家乡邮电局的晓兰处在热恋之中。

　　可后来的一次赏月，当吴天平拍马屁说，月亮像姑娘的脸时，张四平眼里滑出了泪水，吴天平才明白，张四平已与晓兰分手，至于是什么原因，张四平不愿说。

　　前些日子，吴天平与张四平一块赏月时，张四平说，月亮像母亲的脸，张四平说这话时，迷离的双眼望向远方。

　　张四平当兵五年，只探过一次亲，他想家了。

　　张四平的话刺痛了吴天平的心。吴天平的母亲在四年

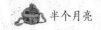

前的一次车祸中丧生，这是吴天平心里永远的痛。想起慈祥的母亲，吴天平禁不住潸然泪下……

今天是吴天平与张四平最后一次一起赏月。

张四平说："吴天平，我就要退役了，我送你一个礼物留念吧。"说完，他从小木屋里拿出一个盖着薄薄红布的礼物，礼物的下面托着一个盘子。

吴天平轻轻地揭开红布，盘子正中立着一尊慈祥母亲的雕像，这尊雕像活脱脱就是吴天平母亲的翻版。

吴天平惊讶极了！原先他听战友说张四平有篆刻的手艺，却从来没看到他露过一手。今天见了，果然名不虚传。让吴天平感到困惑不解的是张四平并没有见过他的母亲，也没见过他母亲的相片。吴天平只是平日与张四平一块赏月时，向他描述过母亲的模样。没想到张四平的心比针还细，他把吴天平母亲的模样在脑海里反复设想后，便躲着吴天平，拿起刻刀在木根上一刀一刀刻下吴天平母亲的模样。看得出，张四平不是在用刀，而是在用心刻这尊雕像。这尊雕像的外围由青瓜片构成，青瓜片的上面撒满金黄色的玉米，青青翠翠的青瓜就像一片片绿叶，衬着搁在中间的母亲雕像。远远望去，母亲似乎正站在这片绿色的森林里朝吴天平微笑。

吴天平眼眶里涌动着热泪，想对张四平说些什么，但他刚想张口，张四平却摆了摆手："什么都不要说，赏月！"

于是，两人同时抬起头，在他俩蒙眬的泪眼里，一个从月亮里捞到雾里看花的爱情，一个透过月亮见到了久别的慈祥母亲。

作者手记

我曾到武警森林部队采访，发现他们整日与山为伴，"白天兵看兵，晚上数星星"成了他们生活的真实写照。为了打发寂寞时光，战士们喜欢夜晚看月亮，月亮承载着战士们的梦想和对亲人的思念。于是，便有了这篇小说。小说中森林防火站的两位士兵爱亲人，爱自己守护的这片森林。夜晚，他们静静地赏月，那皎洁的月光洒在他俩内心最柔软的部位。

同学们，你们看月亮的时候，在想什么呢？

二、清水洗尘

列兵吴晓毅刚分到中队时，看到天空中一形似黑色圆球的物体向中队的方向飘来，他惊得张大了嘴巴。当黑色物体越来越近时，吴晓毅听到了啾啾的鸟叫声，紧接着鸟儿便哗地散开，落在了中队营房边的那棵大榕树上。

见到这么多的鸟儿，吴晓毅和其他新兵都惊讶得半天合不上嘴。班长赵东东刚很平静，他拿出几张塑料布铺在榕树的下面，铺得和上面的树冠一样的大小。

吴晓毅不解，问："班长，你这是干什么？"

赵东东并不搭话，他还在专心致志地铺着塑料布。

吴晓毅又问了一回，赵东东才懒洋洋地抬起头，说："新兵蛋，你自个儿琢磨去吧。"

那天晚上，装着心事的吴晓毅一夜都睡得不踏实。第二天军号声还没响，他便起了床。走出营房，只听见那棵榕树上的鸟儿啾啾地欢叫着，班长赵东东正在树下收拾着落满鸟粪的塑料布，吴晓毅顿时明白了班长的良苦用心。

班长赵东东收拾完塑料布后，站在榕树下打起了太极拳。吴晓毅听中队的战士说，赵东东来当兵前，曾拜师学过武功，南拳北腿样样精通，现在看到赵东东行云流水般的一招一式，更觉得赵东东的功夫果真名不虚传。

"好功夫！"吴晓毅一声赞叹。

赵东东打了个愣怔，看到吴晓毅站在身边，朝他摆摆手，说："新兵蛋子，我在练功，不要打扰。"

吴晓毅讨了个没趣，闷闷地走开了。

没走几步，吴晓毅又忍不住掉过头，看到赵东东正站在榕树下闭目养神，他张开的手掌如同梳子轻轻地梳理着小平头。榕树上的鸟儿似乎与赵东东班长心有灵犀一般，它们在树丫上唱起了歌儿。吴晓毅觉得它们唱的歌儿与古代名曲《高山流水》颇为相似。

以后的日子，吴晓毅每天早晨都在军号响起之前，便起了床。走出营房，首先映入他眼帘的是赵东东班长，赵东东班长在收拾榕树下的塑料布，吴晓毅也跟着收拾。收拾完毕后，赵东东开始打太极拳，吴晓毅也跟着打太极拳。吴晓毅悟性很高，没过多久，他的太极拳也练得行云流水般流畅。练拳的过程中，热情的鸟儿在树上不停地伴奏，有了鸟儿的伴奏，赵东东的动作便格外舒展。练完拳，大汗淋漓的他开始用手指慢悠悠地梳理着小平头。闭着双眼的他在梳头动作开始之前，长长地吸了口气，待短暂的梳头动作结束后，他又长长地呼出一口气，脸上漾出幸福温馨的微笑。

"班长，你在笑什么？"有次练完拳，吴晓毅按捺不住好奇心，问道。

"新兵蛋子，你问这么多干什么？"赵东东反问了一句。

"班长，我当兵都快一年了，怎么也不该算作新兵蛋子吧？！"

"在我眼里，你就是个新兵蛋子，除非你能读懂榕树上的鸟语。"赵东东甩下一句意味深长的话后，扬长而去。

以后的日子，吴晓毅开始关注那群鸟。鸟儿每天日出而出，出去后各奔东西，日落而归，回来聚群。回到营区，它们总是落在那棵榕树上，然后开始叽叽喳喳地说着自己白天的经历，说到兴奋处，鸟儿便在树枝间来回跳动。当中队营房熄灯号传来之时，鸟儿们便心有灵犀地停止了声音，与战士一块进入了梦乡。

清晨，不知哪只鸟儿先醒了过来，随着它的一声鸣叫，所有的鸟都醒了过来，这时，赵东东和吴晓毅刚好在树下练拳，鸟儿便兴高采烈地为他们唱起歌儿，待赵东东与吴晓毅练完拳离开后，它们也散向四方的田野与山川。

战士们在营房里生活，鸟儿在榕树上过夜，相处得非常和睦。战士们夜间站哨，经过榕树边时，尽量把脚步放轻，以免搅了鸟儿的好

梦。鸟儿也把战士当作最贴心的朋友，不然，它们就不会大老远飞来，年复一年地来到中队边的这棵榕树上栖息。它们见到战士不惊不乍，一副悠闲自在的模样儿。吴晓毅还从赵东东嘴里听到了许多关于鸟的传奇故事。

两年前，由于两地分居，刘中队长的妻子在独自干农活时流产了。带着满肚子的委屈，她来到中队准备与刘中队长大吵一架。当她来到中队时，榕树上的鸟儿自发地在树丫上排起了整齐的队列，齐声鸣叫。

刘中队长对妻子说："你听出这些鸟在叫什么吗？"

妻子摇摇头。

"它们在替我说'对不起'。"

刘中队长的妻子和战士们都竖起耳朵听，觉得鸟儿还真是这么叫的。

刘中队长的妻子的气顿时消了……

两天后，刘中队长的妻子要回老家了。待她走出营房时，鸟儿在树丫上又排起了整齐的队列，齐声鸣叫。

"我知道这些鸟在叫什么。"一个战士大声叫道，"它们在喊'再生一个，再生一个'。"

刘中队长的妻子与战士们又竖起耳朵听，觉得鸟儿还真是这么叫的。

第二年春天，刘中队长的妻子果真生了个白白胖胖的儿子。刘中队长高兴之余，便煮了许多红蛋，除了分给战士吃外，也没忘了那些鸟儿，他把煮熟的红蛋掰开，放在榕树下，鸟儿们也不客气，争先恐后地抢红蛋吃。

赵东东讲了许多关于鸟的故事，吴晓毅和战友们虽然知道这些故事有水分，但他们仍听得入迷。

鸟群是每年春天来的，住在这里过了半个春，一个夏，大半个秋。在一个深秋的夜晚，它们悄然离开了。望着这些远去的鸟儿，吴晓毅眼里涌动着不舍的泪水。

"鸟儿明年春天还会回来的，它们只是到南方避冬去了。"赵东东轻声安慰道。

转眼间，到了老兵退伍的时间。在赵东东即将离开中队的前一天早晨，他与吴晓毅在榕树下练起太极拳。吴晓毅发现那天赵东东太极拳打得大失水准。练完拳，赵东东并没有像往常一样闭目梳理一下自己的小平头。

"班长，你今天不梳头了？"吴晓毅问。

赵东东摇摇头："不梳了。"

"为啥呀？"

"因为树上没有鸟儿了。"

"有没有鸟儿，并不妨碍梳头呀。"

"现在给你讲太多也没用，明年春天当鸟儿再来这棵榕树上栖息时，你像我那样用手指梳梳头，尝尝那是一种什么感觉。"

第二年春暖花开的季节，鸟群果然飞了回来。这时的吴晓毅已是班长了，他像赵东东一样拿起塑料布铺在了榕树下。当新兵问他为啥在榕树下铺塑料布时，他也像赵东东一样摆起了谱，说："新兵蛋子，你自个儿琢磨去吧。"

第二天一大早，吴晓毅又在榕树下打起了太极拳。打完拳，大汗淋漓的他也像赵东东一样闭上双眼，用手指轻轻地梳理头发。这时，榕树上鸟儿的歌声就像一泓清泉顺着手指流向头部，继而弥漫向全身，洗去了身上的尘埃与汗水。顿时，他感到神清气爽，脸上漾出了幸福的微笑。闭着眼睛的他轻声问道：赵班长，你在老家也这么痛快地打太极拳吗？

作者手记

在部队，我常听到战士眉飞色舞地说起鸟的故事，经过构思，便写了这篇鸟与战士们的故事。战士与鸟儿之间的互动，是人类与动物和谐共处的一个缩影，构成了美丽的自然新画卷。

孩子们，当你行走在乡间小道，看到鸟儿或成双成对，或顾影自怜，或在山水间和蔚蓝的天空中翱翔，或悠闲地立在花草丛中享受着暖阳，你会不会有如沐春风的感觉？会不会觉得大自然的美景令你耳目一新？

三、"美容师"陈秋

陈秋退伍离开十七中队的前一个夜晚，手里提着理发工具，走进我的屋子。

"指导员，我明天就要离开部队了，想为你理最后一次发。"陈秋摆开架式。

我乐滋滋地坐下，把长得像橄榄核的脑袋伸了过去。陈秋拿起老式推剪和剃刀，在我脑壳上的一亩三分地里开始了有滋有味的耕耘。

陈秋来自江西的一个偏僻山村。父亲是个理发师，由于家乡人烟稀少，陈秋的父亲时常挑着"剃头担"走南闯北替人理发。陈秋的父亲身体不好，"剃头担"压得他直不起腰，陈秋初中还没念完，就替父亲挑"剃头担"。陈秋的父亲手艺很好，每次替人理发，陈秋都在旁边静静地看。陈秋的书虽然念得不好，但手却很巧。不久，他就拿起了剃刀，且大有青出于蓝而胜于蓝之势，尤其是理的小平头更是令人叫绝。

十七中队位于黄莲坑，护守着分水关隧道。黄莲坑这地方前不着村，后不着店，中队官兵理发就得到地方去请剃头匠。那些剃头匠热衷于靓男倩女的新潮发型，最能考验剃头匠功夫的小平头却理得不清不楚。

陈秋的到来，无疑替中队官兵解决了形象问题。陈秋平日不爱说话，在中队最能表现他语言的是手上的那把剃刀。只要他拿起剃刀，天上就像刮起一阵秋风，一溜烟的工夫，他的身边撒满了"落叶"，战士清爽帅气的头便浮出水面。由于理发技术高超，大伙儿给陈秋起了个绰号："美容师"。

作为中队的指导员，我领教过陈秋的手艺。每次我到理发室，陈秋总是笑眯眯地拖过一张椅子让我坐下，一转眼，我那有棱有角的小平头就理好了。理完发，我闭上眼让陈秋刮胡子。刮之前，陈秋先用热乎乎的毛巾把我鼻子以下、下巴颏以上的地方焐上，热气加水汽的毛巾罩在嘴上、鼻子上，特别舒服，使人产生一种昏然欲睡的感觉。焐得差不多了，陈秋再打上肥皂沫，用刀子轻轻地刮。陈秋刮得轻松自如，我感到痒中透爽，整个面部有一种微风拂面的快感。气脉贯通和气血涌动之际，陈秋忽然收刀，来了一个绝活儿："蜻蜓点水"，只见他将刀口往我光亮的头皮上轻轻一弹，这看似轻描淡写的一弹，却蕴藏着很深的功力，我全身的毛孔这一刻全部松开。我打个响亮的喷嚏，尽吐五脏六腑浊气后，顿觉两眼发亮，神清气爽。这时的我觉得找陈秋理发就是在快乐地享受生活！

今天，陈秋给我理发的时候，我发现他并不像往常那样从容，手上那把刀在我头上滑动的时候，有轻微的颤动。

"指导员，明天我就要走了。"陈秋轻声嘟哝了一句。

作为后勤班的战士，陈秋除了有理发的手艺，还炒一手的好菜，茄子、小白菜、长豆、花菜、豆腐都能做出十多种色香不同的花样。他的拿手好戏锅边糊是中队官兵最喜欢吃的一道菜。

除了手艺好，陈秋的心还非常细。他刚来炊事班时，发现炊事班做的馒头黏糊糊的。他仔细观察做馒头的整个过程，很快，他便找到了症结。原来，炊事班的发面缸有点小，每天发面时，总有一部分酵面溢出缸外，所以在蒸馒头时碱粉把握不好。陈秋把自己发现的问题向后勤班的班长做了汇报。经过观察，班长觉得陈秋说得有道理，他让炊事班的战士以后在发面时分成两部分，一多半面粉放在缸里，一少半面粉放在盆里，并根据面粉的多少科学配碱。经过这么一改，炊事班做出的馒头又白又香。

"指导员，明天我就要走了。"陈秋又轻声嘟哝了一句，他的话语里透出淡淡的伤感。

陈秋虽然有许多优点，但也有软肋。他文化素质偏低，字写得歪歪扭扭。与朝夕相处的战友在一块时，他口齿伶俐，能说善辩，但在中队领导面前却支支吾吾，半天说不出一个字。

花开花落，转眼间两年时光过去了。陈秋虽然各方面表现都很优秀，且本人非常希望留在部队转为士官，但因后勤班士官编制已满，我们中队党委经过研究，不得不忍痛割爱。

"陈秋，你是不是有话要说？"我轻声问道。

"哦……"陈秋欲言又止。

看陈秋的那副模样，我认定他一定遇到什么难题了。于是，我提高了嗓门："陈秋，有什么话你就敞开心扉说出来，如果我们能办得到，一定在所不辞。"

陈秋犹豫了一下，终于把自己的心结抖了出来："指导员，我离开部队后，战士们的理发问题怎么解决？"

陈秋离开部队前，我们曾让他收新战士黄小庆为徒弟。在陈秋的调教之下，黄小庆理发手艺虽有长进，但小平头却理得不到位，时常把小平头理成梯形，或者理成横平竖直的小平头，侧面看像一把菜刀。看得出来，陈秋对他放不下心。一个即将离开军营的老兵，想的不是自己到地方后如何发展，而是还在为中队的士兵牵肠挂肚，我的心头禁不住滚过一阵热浪。

"明年春天，我要重回中队看看战友，为全体官兵再理个发，掌一次勺！"

陈秋说罢，忽然收了刀，并亮出绝活儿"蜻蜓点水"。只见他将

半个月亮

刀口往我光亮的头皮上轻轻一弹，这一刻，我并没有像过去那样两眼发亮，神清气爽，而是感到了不舍。我闭上双眼，但抑制不住的泪水还是顺着眼角悄悄地流了下来。

四、"业余演员"刘善喜

在十七中队，刘善喜是个很会演戏的兵，战友们戏称他为"业余演员"。

新兵连军训结束，新兵分到十七中队的那天，我召集新兵上课。课上到一半，刘善喜忽然站起，响亮地喊了一声："报告。"

"什么事？"我蹙起眉头。

"报告指导员，我尿憋得慌。"刘善喜涨红了脸。

"上课前，你为何不先把尿排干净？"

"报告指导员，班长没告诉我厕所在哪里。"刘善喜眉头微皱，鼓着圆嘟嘟的两腮。

刘善喜的话音刚落，课堂里笑声响起，我也忍俊不禁："刘善喜，你真是个大憨包！"

事实上，刘善喜并没有憨到连上厕所都要班长指点的地步。那天之所以会闹出这么大的笑话，中队里流传着两个版本。第一个版本是刘善喜其实上过厕所，但因为那天喝了太多开水，没上多久的课，就觉得膀胱发胀。另一个版本，那天发生的所谓憋尿事件是刘善喜在演戏，目的是逗中队官兵笑。

十七中队所在的黄莲坑位于偏僻的山村，当地百姓曾自嘲地说：黄连（黄莲的谐音）已经够苦了，可又掉到坑里去，那不是苦上加苦吗？！可刘善喜却拿黄连当箫吹——苦中取乐，上演了一台又一台生动的戏。

一个炎热的夏天，战士段军在岗亭上站岗，挥汗如雨。此时，一列火车从远处奔驰而来，从地面卷起的那股热浪让段军感到窒息，但他仍像平日一样给旅客行注目礼。可是，随着列车的驰过，"噗"的一声，段军的额上不偏不倚落了一团黏糊糊的东西。段军用手一摸，顿觉一阵恶心。原来一口浓痰落在他的额上。血气方刚的段军哪受得了这口气！

"段军，你是不是中暑了？"前来接岗的刘善喜见段军脸色发青，手帕不断在额头上抹，急忙上去扶他。

段军一把推开刘善喜，他咧嘴骂道："哪个不长眼的朝我头上吐痰？"

回到中队后，一肚子委屈的段军径直走进我的办公室，他把湿透汗水的军装往桌上一搁，赌气地说："指导员，我不想站岗了！"

我忙递上一杯凉开水，段军咕嘟咕嘟把开水一饮而尽，喝完开水之后，他的眼泪也委屈地流了出来……

我了解事情的来龙去脉后，开始耐心地做段军的思想工作，可怒火攻心的段军却怎么也听不下去。他说他从小生在阳光下，长在花丛中，父母视他为掌上明珠。凭着一腔报效祖国的热血，才来当兵，却不料当兵还要受这种气。段军越说越伤心，喝下的开水化成泪水往外冒。

正当我束手无策之际，办公室虚掩的门被轻轻打开，刘善喜一脸春风地走进办公室。他的手里拿着一束漂亮的鲜花。花束的下方贴着一张粉红色的贺卡，上面有一行娟秀的小字："向尊敬的守桥卫士致敬！"

一把鼻涕一把泪的段军看到这束花，一脸的惊愕。他嘟哝道："刘善喜，这花哪来的？"

刘善喜笑了笑："嘻——今天，我的运气特别好，接你的岗才一个小时，就收到一份特殊的礼物。那时，一列旅客列车奔驰而来，我像往常一样给他们行注目礼，这时一位姑娘从车窗伸出头来，轻轻挥动着手中的鲜花，向我致意，并把花扔在我的身边。那位姑娘的身影虽然只是像闪电一样从我眼前掠过，但她的美丽却永远定格在我的脑海……"

"你小子交好运了。"段军破涕为笑。

"那是！"

"我告诉你，今天若是我值你那班岗，肯定不止一位漂亮姑娘扔下鲜花。"

　　"那当然，谁不知道你是我们中队第一帅哥呀！"

　　听到刘善喜的附和声，段军重新恢复了自信。他抹干脸上的泪水，公鸡样昂起头，像一个得胜回朝的大将军，自我感觉良好地走出了我的办公室。而刘善喜则像大将军身边的贴身警卫，跟了出去。

　　待段军和刘善喜走后，我拿起刘善喜刚才手捧的那束花仔细瞧了瞧，发现那是一束非常普通的花，中队周围都可以摘到，再看看花的下方那几个字，有点像刘善喜的字体，但又有点不像。不管这出戏是真是假，但它却为我解决了一件非常棘手的事。

　　擅长演戏的刘善喜把一张笑脸送给了大伙，大伙都特别喜欢他。闲下来时，他们时常围在刘善喜周围，要他讲些能让他们发笑的故事。刘善喜总不会让他们失望，只见他眉头微微一皱，圆嘟嘟的两腮一鼓，扯出许多的逸闻趣事，大伙听得津津有味。听完故事，还有一两个士兵觉得不解渴，他们说："刘善喜，把压箱底的故事再说一次吧。"

　　此时，刘善喜总要装出一副为难的模样儿。他的这副表情吊起了大伙的胃口，大伙开始喊："刘善喜，来一个，刘善喜，来一个。"

　　刘善喜鼓着圆嘟嘟的两腮，开始绘声绘色地讲故事。

　　讲述的过程中，刘善喜还穿插了一些非常花哨的动作，他的戏演得非常成功，大伙的情绪一下子被调动了起来。戏刚演完，便有人唱起了家乡小调，有人跳起了扭秧歌舞，有人说起了笑话，军营里的气氛顿时变得热烈又温馨。

　　那是一个风雨交加的夜晚，段军在哨所执勤。那天的雨下得特别的凶，狂风暴雨就像一根又粗又大的鞭子，不断地抽打着铁轨孱弱的身子。这么大的雨还是段军当兵以来从没经历过的，他的心不由得慌张了起来。正当他为可能发生不测之事担忧的时候，他的肩膀被人轻轻地拍了一下，回头一看，只见穿着雨衣的刘善喜正嬉皮笑脸地站在他的身后。

"你来干什么？"段军问。

"雨下这么大，指导员不放心，叫我过来看看你。"刘善喜的话音刚落，身后便传来几声巨大的轰响，一场暴雨引发的泥石流如同一群猛兽直扑铁路路面。

此时，从远处传来了火车轰隆隆的声音，一列满载乘客的火车眼看就要驶过来了。段军和刘善喜当机立断，立即对空鸣枪报警。但风大雨急，司机根本就听不见。情急之下，段军和刘善喜冒着随时可能被泥石流吞没的危险，手挽着手，朝着火车跑去，一边跑还一边挥动着自己手中的手电筒和军衣……

一场悲剧避免了。

到评功评奖的时候，原先能编、能导、能演的"业余演员"刘善喜面对记者的采访却慌了手脚，眉头也皱了，腮也鼓了，可就是挤不出一个字。倒是段军显得很从容，在记者面前绘声绘色地讲述他们的壮举。两人都得了嘉奖。

花开花落，转眼间两年时间过去了。刘善喜尽管也想留队，但因名额限制未能如愿。

老兵退伍的那一天，我到火车站为刘善喜送行。起先刘善喜还有

说有笑，可在登上火车的那一瞬间，他忽然停下了步子，并踮起脚尖，向黄莲坑所处的方向眺望。一个战友上车时，不小心挤了他一下，刘善喜跌倒在地，爬起来后，他的目光仍坚韧固执地瞥向黄莲坑的方向，嘴里含糊不清地嘟哝道："再见了，黄莲坑。再见了，战友们。"

此时的刘善喜眉头不皱、两腮不鼓、目光迷离，轻轻的声音从他嘴里滑出，却一下子穿透了我的心灵。以至于多年之后，我仍清晰地记住离别时刘善喜毫无雕饰的真情流露，那伤感的一幕比他在中队任何一次表演都精彩，并让我真切地体会到什么叫肝肠寸断。

作者手记

　　我在军营待久了，发现军营里不乏像刘喜善这样的战士，活泼、乐观、向上，是大家的开心果。刘喜善发挥自己的表演才能，给战友带来快乐，羚羊挂角不露痕迹。这是普通士兵身上的闪光点。

五、第一场春雨

"要剖宫产，我自己签字了！"

当刘和雨看到妻子发来的短信时，额头冒出了细细密密的冷汗。他从身上摸出手机，按了一下妻子的手机号码，然后猫下腰细听，手机接通了，但声音却断断续续、模模糊糊。

在这个远离都市的靶场，能有这么微弱的信号事实上已经很不错了。

"不要再打电话了，安心打靶吧！"

手机里又传来妻子发来的短信，刘和雨的心尖颤了一下，他把手机放回口袋，目光扫了扫靶场。此时靶场人潮涌动，总队一年一度的射击比赛即将开始，这次参加比赛的选手个个都是支队的神枪手。中队长刘和雨本来无法参加这次比赛，因为他的妻子即将分娩。可他经过反复考虑，觉得自己是支队的首席射手，如果不参加比赛，支队的成绩肯定好不到哪去。他决定顾大家舍小家。刘和雨虽然来到了靶场，但心里却有牵挂，他没想到自己刚上靶场，还在妻子肚里淘气的孩子就开始翻江倒海了。

按常规，射击比赛开始前，每个射击手都有一次实弹练习的机会。轮到刘和雨进行实弹射击练习时，天空中忽然下起了蒙蒙细雨。这是今年下的第一场春雨，斜斜的雨落在刘和雨脸上，刘和雨顿时觉得神清气爽，想起了与妻子的恋爱。

五年前，作为指挥学校的学员，刘和雨被派到某大学任军训教官，他的妻子吴晓丽就是他手下的"兵"。那时候，文静漂亮的吴晓丽走队列时经常同手同脚，刘和雨就给她开"小灶"，开"小灶"的次数多了，刘和雨便和吴晓丽变成了朋友。也许是刘和雨身上的那股军人气质，也许是他对队列动作一丝不苟的作风打动了吴晓丽的芳心，刘和雨军训结束回到指挥学校后，他收到了吴晓丽很含蓄的书信。看过信后，刘和雨只是付之一笑，并没有当回事，因为他认为那是根本不可能的事情。刘和雨是农民的儿子，家境贫寒的他在部队虽说都是挺着胸脯走路，可骨子里却有那么点儿自卑。在他看来，这么漂亮的城里大学生，嫁给他简直就是天方夜谭。于是，他便没给吴晓丽回信。可没过多久，他又收到了吴晓丽的信，他的心态此时发生了微妙的变化，他给吴晓丽回了信……后来，他们便顺理成章地走到了一块。

"喂，你在想什么心事？"支队吴参谋长的一句问话把刘和雨思绪拖回现实。他望了望前方，只见与他射击编在同组的战友们都拿起手枪瞄准靶子，唯独他一个人背着手，歪着头在想心事。

"我知道你在想什么。"站在他身边的吴参谋长一边举枪瞄准前方的靶子，一边说，"你牵挂着即将分娩的妻子，可你现在不是孙悟空，翻个跟头就能到她身边。你现在最好的办法是用优异的成绩迎接孩子的诞生！"

刘和雨点了点头，他举枪瞄准射击。尽管他非常用心，但却怎么也发挥不出水平。实弹练习十发子弹只中八十环。

当刘和雨从射击场走下时，他的心里多少有点儿沮丧。射击的时候，他一直想让自己保持平静，但却怎么也做不到。

淅淅沥沥的雨还在下。

"再过半个小时，我就要上手术台了，我心里有点儿紧张。天空忽然下起了雨。"

刘和雨从妻子发来的这条短信里读出了她内心的惶恐，他急忙给妻子发了一条短信："我所在的靶场也在下雨，说明我们心心相印。你细细地听雨，就能感受到我在你身边。"

射击比赛正式开始了，刘和雨和他支队的同伴分在第六组。听到靶场上空响起的阵阵枪声，刘和雨的心便有点儿乱。事实上，今天在靶场上，他的心一刻也没有平静下来，尽管吴参谋长一直在做他的思想工作。

"这是今年下的第一场春雨，我从蒙蒙细雨中看到你的身影，我坚信你会用好成绩迎接孩子的诞生。"

刘和雨隐藏在心底的种种担忧被妻子的这则短信一扫而光。他抬起头，细细的雨打在脸上，他觉得就像妻子的纤纤细手在抚

摩着自己的脸。他的心里便有了一种感动，这种感动很快就化成了对取得好成绩的渴望。

轮到刘和雨上场了，他昂着头走向了靶场。

"砰！砰！砰……"枪声在蒙蒙细雨中脆耳动听。

"十环、十环、九环、十环、十环、九环、十环、九环、十环、十环。6号选手十发子弹击中九十七环。"报靶员的话音刚落，场上掌声如雷，众人的目光齐刷刷地注视着刘和雨。

刘和雨以优异的成绩取得了射击比赛的第一名。当他把亮灿灿的奖杯举在手里的时候，他收到了守护在妻子身边的小姨子发来的短信："姐姐剖腹产后，已顺利产下一个可爱的女婴，现母女平安，姐姐进产房前对我说，请你给孩子起个名字。"

刘和雨望了望飘飘荡荡的细雨，耳边响起滚雷般的声音："春雨！"

作者手记

这边是即将开始的射击比赛，那边是即将上手术台分娩的爱妻，军人刘和雨在心里如何博弈？将牵挂深埋心底，集中精力参加比赛，其实需要强大的心理素质。这篇作品是对军人"舍小家为国家"的精彩演绎。

六、"武林高手"吴天山

在中队，战友们尊称吴天山为"武林高手"。"武林高手"的称号绝非浪得虚名，他在嵩山少林寺跟和尚学过武术，练就了一身的武功。到部队后，他的擒敌拳打得虎虎生风，中队组织的比武，他每次都得第一。比武结束后，吴天山总要为战友们表演各种拳术。

吴天山的拳术虽然打得行云流水，但我却觉得他的拳术除了花哨，没有其他震撼人之处，就像一幅风景画，虽然画得漂亮，却没有点睛之笔。

事实上，吴天山也意识到他的拳虽然打得有模有样，但还缺少点什么。至于缺什么，他自己也说不清楚。

那是一个阳光明媚的早晨，吴天山正在中队边的一块草坪上打拳，忽然看到草丛里卧着一只长着猴子脸、老鹰嘴，形貌奇特的鸟。吴天山知道这种鸟叫猴面鹰，是国家二级保护动物。他俯下身子查看，发现猴面鹰的身上有被气枪击中的伤口，便急忙把猴面鹰带回中队。我和中队官兵见了受伤的猴面鹰，立即叫来中队的卫生员晓月，卫生员晓月仔细地给它清洗流血的伤口，并敷上创伤药。

在猴面鹰养伤期间，我指定由吴天山专门负责为猴面鹰疗伤。从布置任务的那天起，吴天山就忙开了，他首先为猴面鹰做了一个透气的大笼子，并定期为它换药。换药的时候，猴面鹰会发出痛苦的鸣叫，这声音就像一把刀在割吴天山的肉，让他也忍不住流泪。他一边安慰猴面鹰，一边轻轻地为它换药。猴面鹰很通人性，看到吴天山流泪，它便把痛苦压在心底，以后换药的时候，无论如何痛苦，都不发出叫声。

虽然吴天山悉心照料猴面鹰，但猴面鹰还是一天天地消瘦了下来，我看在眼里急在心里。为了能使猴面鹰尽快康复，我和吴天山一道专程来到当地的林业部门，请来专业人员指导吴天山喂养猴面鹰。

　　在吴天山的精心呵护之下，猴面鹰可以在地上迈出蹒跚的步子了，吴天山看在眼里，喜在心里。猴面鹰这动物比较特殊，它白天睡觉，晚上活动。以后的日子，吴天山练拳的时间改为傍晚，吃过晚饭后，他总要提着大笼子来到草坪上，一边打着拳，一边看着猴面鹰。

　　猴面鹰善解人意，看到吴天山在练拳，它显得十分兴奋，不时展开翅膀，伸出钩子般的趾爪，摆出各种各样的姿态。猴面鹰即兴表演的时候，吴天山总是停止练拳，仔细观摩。

　　猴面鹰在我们中队疗伤的消息传来了，附近的百姓便跑到中队观看，其中有人愿出很高的价钱收购，但被我们断然拒绝了。

　　十天之后，那只猴面鹰的伤痊愈了。我和吴天山与林区部门的同志一道把它送到林区。放飞的那一刻，吴天山的眼里溢满了泪水，他轻轻地对猴面鹰说："猴面鹰宝贝，一路走好。"

　　猴面鹰飞向了蓝天，它在空中盘旋了几圈后，又突然飞到了我们的跟前，有种"孔雀东南飞，五里一徘徊"的味道。吴天山见状，急忙伸出双手，让猴面鹰停在他的手心，猴面鹰在吴天山的手心里悠闲地拍打着翅膀。此时的吴天山非常兴奋，他的手轻轻地抚摩着猴面鹰翅膀上柔软蓬松的羽毛，并对猴面鹰低声嘟哝着谁也听不清的话。而猴面鹰则像即将远行的游子，洗耳恭听长辈的教诲。

　　天下没有不散的宴席，尽管依依不舍，但猴面鹰最终还是决定离去。它发出一声婉转清丽的鸣叫后，有力地展开翅膀，飞向蓝天……

　　　　吴天山痴痴地目送着它。当猴面鹰从视线里消失后，吴天山眼里涌出了热泪。

　　　　回到中队后，吴天山继续在草坪上练拳时，脑子里总会飘

出猴面鹰的影子。不知不觉之中，他把猴面鹰的一招一式融进了自己的拳法，并独创了一套拳术，他把这套拳术命名为鹰拳。

刚好市里举办运动会，我们便推荐吴天山参加拳术表演。吴天山没有辜负我们的期待。他在台上表演自编的那套鹰拳，只见他那长长细细的手臂悠然摆来，悠然晃去，好似伴着鼓点，和着琴音。大伙叫好的时候，他忽然变招，手臂上下翻飞，如道道闪电划过。这套鹰拳柔中有刚、刚中有柔；血中有肉、肉中有血，就像一幅画，不仅画得漂亮，还有神来之笔。

那次武术比赛，吴天山得了第一名。

比赛结束后，吴天山对我说："指导员，当我全身心地表演那套鹰拳时，完全忘记了自我，感觉就像一只在蓝天白云下翱翔的猴面鹰。"

吴天山说这话时，目光怔怔地眺望着远方的森林……

作者手记

这是军中"武林高手"吴天山与国家二级保护动物猴面鹰的故事。吴天山不仅善于观察，能从猴面鹰的动作里学到武术招式，同时，他还有温情细腻的一面，对猴面鹰的照顾可谓细致入微。这是军人所拥有的侠骨柔情，不光具备敏锐的洞察力和矫健的身手，还有一颗善良的心。

七、追太阳

　　旺东地处印度洋暖温气流和高原冷空气交汇处，一年有三百天见不到阳光。在旺东的最高山峰上驻扎着一个连队，山峰上云遮雾罩，让人不知是活在世上，还是活在云雾缭绕的仙境中。

　　新兵们刚来连队时，都觉得自己像个云里来雾里去的神仙，可待上一段时间后，便觉得做神仙的日子并不快活。在山峰上最大的问题是一年四季见不到阳光，战士们把能晒上太阳称为享用"阳光大餐"，把能睡上热烘烘的被子当作最大的享受。于是，连队便有了一个特殊的编制——晒被员。

　　连队的晒被员吴成宝细挑个，人长得白白净净，他最显著的特点是腿特别细长，远远看去像鸵鸟的脚。据说，连长就是看中吴成宝的脚，才把连队晒被子的重任压在他的身上。吴成宝也不辜负领导的期待，太阳刚从东

方闪出一抹亮光，吴成宝就从连队宿舍里抱着被子飞奔而出。被子晒出去后，吴成宝还闲不下来，随着太阳光线的变化，他还要抱着被子追着太阳跑，他那单薄的身子在云雾缭绕中就像一阵行踪不定的风。

连队里的兵为了使自己的被子比别的战士先晒，便时常找吴成宝套近乎，每次吴成宝吃饭的时候，他的碗里总会多出一两块红烧肉。另外，各种各样的赞美词语，比如"追风少年""风之子"全都扣在了吴成宝的头上，把他灌得乐滋滋的。可高兴过之后，他又犯愁了，大伙都对他这么好，那应该先晒谁的被子呢？琢磨了很久之后，吴成宝有了主意。他把连队所有的战士的名字列成一个表格，并按表格列的顺序晒被子，第二次晒被子的时候，他又列出一个表格，前次排在后面的战士这回排到了前面，排在前面的战士则排到了后面，如此循

环往复，战士们都没意见。因为吴成宝实行的是"阳光工程"，战士们便觉得没有必要巴结吴成宝，于是，他碗里多的红烧肉没了，各种美称也消失得无影无踪。少吃了红烧肉，吴成宝觉得自己反而变得踏实了，不像以前，低着头吃多出的那块红烧肉时，还要用眼角扫一扫其他战士，看看哪位"学雷锋"的好战士在朝他意味深长地微笑。原先那些夸大的溢美之词，吴成宝听多了，浑身会起鸡皮疙瘩，现在听不到溢美之词，他觉得自己在军营的日子比以前踏实了许多。

日子一天天过去，转眼间进入夏天，可此时的太阳不知道躲到哪去了，旺东山谷一个月都见不到太阳了。这期间，战士急，吴成宝更急。每天早晨起床后，他总要独自一人来到山谷的悬崖边，仰头望天，一声一声深情地呼唤："太阳公公，你在哪里？快出来吧？"

这情真意切的声音久久地回荡在山谷中。

太阳公公也许真的感动了。一天早晨，当吴成宝再一次来到山谷的悬崖边时，他突然兴奋起来，又蹦又跳地回到营房，对还在睡梦中的战友们高兴地喊道："今天要出太阳了，今天要出太阳了！"

此时四周云遮雾罩，大伙并没把吴成宝的话当回事。上午九点钟，山谷上忽然起了一阵风，雾气被风吹到远方，紧接着天边出现了一抹亮光。透过亮光，战士们看到了久违的太阳身影。此时的太阳公公身上似乎积蓄了大量的能量，它把一道道金色的亮光投向了旺东山谷，投在了战士的心坎上。战士们欢呼雀跃地把有点发霉的衣服、裤子、棉被都拿出来晒。他们一边晒，一边唱起了歌儿，一下子军营就成了欢乐的海洋。

那天，吴成宝显得特别的兴奋。看到战友脸上洋溢着幸福的微笑时，他的嘴里似乎塞进了一块化不开的蜜糖。那天晚上，吴成宝睡着以后，脸上仍定格着幸福的微笑。

吴成宝当了两年兵，即将退伍的时候，他的腿忽然肿了起来，到医院一检查，患上了风湿性关节炎。其他战士患关节炎好解释，吴成宝患关节炎就不太好解释了，因为他是晒被员，他完全可以先晒自己的被子呀。

困惑不解的指导员便从吴成宝的床铺底下找到他设计的每日晒被子的表格，看着看着，他的眼水忽然流了出来。

原来，每张表格的最后都安安静静地卧着三个字——吴成宝！

作者手记

　　我虽没到高原边疆，但我看过关于高原边疆战士的很多报道，他们无私的奉献精神让我感动。我们必须向守卫高原边疆的战士致敬。在艰苦的环境中，连晒太阳这么简单的事都成为一种奢望。我们必须向"晒被员"吴成宝致敬，军营中有太多像他这样的小战士，坚守在看似不起眼的岗位上，先人后己、默默奉献。

八、"刁兵"冯四海

在我们中队，战士们都叫冯四海"刁兵"，冯四海的这个绰号是在新兵连时叫响的。

冯四海当兵前是一个孤儿，当地居委会见他举目无亲，便想方设法让他当了兵。在新兵连，冯四海的嗓门特别大，他的口头禅有这么几句：大丈夫赤条条来去无牵挂；天塌下来当被盖；我是孤儿，我怕谁。

新兵连集训期间，冯四海就给班长制造了很多的麻烦。新兵连集训结束后，到分兵的时候，个个班长都不要"刁兵"冯四海。冯四海也不气恼，分完兵，其他的兵都忙着整理被装，他一个人躺在床上，大腿一伸，闭上双眼很快就进入了梦乡。

"刁兵"冯四海最终分在了我所在的中队。说心里话，当时我这个当指导员的心里是一百个不愿意，但上级的命令却不敢违抗。果然，

没过多久，冯四海这个新兵蛋就将了我这个指导员一军。

那天我给战士上政治课，当我照本宣科地念一篇理论性很强的文章时，教室里传来拉风箱似的呼噜声。这声音简直要把我的声音压下去。我气得七窍冒烟，抬起头一瞧，发现坐在角落的冯四海歪着的头正靠在墙壁上，闭着双眼的他有节奏地打着呼噜，一线极浓的口水沿着嘴角流出都浑然不觉。

怒气冲天的我走过去，大声呵斥道："冯四海，你上政治课为什么打呼噜？"

冯四海揉了揉惺忪的双眼，不吭声。

"你怎么变哑巴了？"

"指导员，你要我讲真话，还是讲假话？"冯四海忽然反将了我一军。

"当然讲真话。"

"好吧，那我就直说了，我觉得你念的文章枯燥乏味、大话连篇，我不爱听。"

冯四海的话音刚落，教室里便响起了笑声，我气得两眼冒烟。我那如同灭火器一样的目光扫了一下教室，顿时扑灭了如同火苗星子般冒出的笑声。

"冯四海，你马上去写一份检讨书，晚上交到我手里。"此时的我有点乱了方寸，我叫冯四海去写检讨书，其实是在给自己找台阶下。

经历了这么一件难堪的事情后，我才算真正领教到冯四海的"刁"，冯四海并不是那种蛮横无理的"刁"，而是带有那么点儿爱出风头和耍小聪明的"刁"。对付这样有棱有角的兵，可让我这个指导员伤透了脑筋。刚开始，我对平日吊儿郎当的冯四海采取高压政策，我板着脸儿对他说："冯四海，我们中队可是支队的先进中队，你别一颗老鼠屎坏了一锅粥。"

岂料，冯四海听了我的话，脸也阴了下来，他响亮地回击道："指导员，我不是老鼠屎。"

我的高压政策不仅没有收到应有的效果，反而使冯四海更加自暴自弃。训练中，他经常玩些小聪明。中队每次训练后倒时，随着班长一声令下，其他战士齐刷刷地后倒，唯独冯四海只是向后仰了仰头；练前扑时，其他战士练得虎虎生风，当他们的身子扑向地面时，都会发出惊涛拍岸般的响声。而冯四海却自作聪明，把前扑改成向前趴，练前扑时，他的两腿顺势一蹲，像一只癞蛤蟆一样趴在地上。班长批评他，他两眼一瞪，冒出一句："我是孤儿，我怕谁！"

在中队，冯四海我行我素，且十分孤僻，他与战友们相处得很不融洽。事实上，冯四海身上也不是一点优点也没有。有一天，熄号声响过之后，我查铺时，发现冯四海不在位。正当我急得满头大汗时，冯四海拿着脸盆急匆匆地从卫生间跑回宿舍，我狠狠地批评了他一顿。冯四海对付我的批评很有法子，那就是把双手叉在胸口，两眼怔怔地望着天花板，似乎在听我的训话，又似乎在想什么心事。由于是战士的睡眠时间，我不愿意发太大的火，训了冯四海几句后，我就离开了宿舍。

查完哨，我走进卫生间，看到被打扫干净的环境，我忽然眼前一亮，心里生出了感动。

第二天，我把中队所有的战士召集在会议室里。在会上，我把冯四海在熄号声响起之前，悄无声息地打扫卫生间的事迹在会上表扬了一通。面对表扬，冯四海两腮通红，如坐针毡。

冯四海受到表扬后，平日懒懒散散的他干什么活都来了劲儿，脏活累活抢着干，训练场上生龙活虎，令人刮目相看。我根本没想到我的几句表扬的话居然胜过平日苦口婆心的千言万语。看来冯四海是个"泼点冷水就发酸、给点阳光就灿烂"的兵。以后的日子，我很注意冯四海的言行举止，我惊奇地发现冯四海嗓门特别大。而我们中队正缺少一个大嗓门的兵，平日支队开会或者参加什么活动，兄弟中队都爱找我们中队拉歌赛歌。其他中队都有一个声音洪亮的干部或者战士指挥拉歌，而我和中队长的嗓门都不大。更要命的是我和中队长都是上不了大场面的人，每次我们指挥拉歌，两腿便开始发软，嗓子眼里发不出声音，结果每次拉歌，我们中队都是灰溜溜地败下阵来。

当冯四海知道中队要把他培养成中队拉歌赛歌的旗手时，他就利用业余时间把我们给他圈定的几首歌曲唱好。冯四海的歌声粗犷、有力，似乎胸腔里蕴藏着无穷的能量，不断地向外迸发。

过不久，支队又召开大会，按惯例各中队要提前四十分钟入座。当我们中队的战士入座后，坐在我们身边的四中队就唱起了歌儿，嘹亮的歌声在会议室里回荡着。四中队唱完歌儿，吴中队长大手一挥，就把矛头对准了我们："四中队唱得实在好！一中队一唱就更妙。"

吴中队长的话音刚落，四中队的战士就齐声大喊："一中队——一中队——"

以往听到这喊声，我心里总是发慌，但今天我却稳如泰山，转过头朝冯四海努努嘴。早已憋着一股劲的冯四海霍地从座位上蹦了起来，他大步流星地走到前台，大臂一挥，我们中队的歌声响起。歌声高亢嘹亮，震耳欲聋。歌刚唱完，冯四海的大嗓门就吼了起来："一中队唱得好不好？"

"好！"我们齐声答道。

"四中队唱得妙不妙？"

"妙！"我们又齐声应道。

"四中队来一个！"冯四海排炮一样的"炮火"对准了站在离他不远的吴中队长。

吴中队长被冯四海的这副架势给打懵了头。他慌忙指挥手下兵应战，当四中队的歌唱到一半时，冯四海的手有力一挥，一中队的歌声忽然响起，气势恢宏磅礴，完全把四中队的歌声给"盖帽"了。

吴中队长心有不甘，他又指挥手下的兵唱了另一首歌，这回他自己也梗着脖子唱了起来。冯四海见状，也指挥战友们唱与四中队同样的歌儿，冯四海的大嘴一张，吴中队长的歌声就被他的歌声给盖过。战友们情绪为之一震，我们的歌声也完全把四中队的歌声给压了下去。

那天的拉歌比赛把吴中队长搞得很没面子。散会后，他专门找到我说："你可真会折腾人，派一个这么大嗓门的兵来拉歌，我站在他旁边，都快被他的声音给震昏了过去。"

过了一段时间，支队开大会时，我们中队又挨着四中队。这回吴中队长可是有备而来，这些日子，他每天都吃"响声丸"。可到拉歌的时候，吴中队长还是抵挡不住冯四海大嗓门的进攻，没几个回合，便败下阵来。从那天起，我们中队名声大震，冯四海的名声也不胫而走。

高亢浑厚、雄壮有力的歌声使冯四海与战友们的距离拉近了，他开始主动与战友们套近乎，战友们也愿意与他拉家常。那段时间，冯四海爽朗的笑声经常回荡在营房里。现在，我与冯四海之间是零距离，他有什么事都愿意对我说。有一天，我问："冯四海，你的嗓门怎么这么大？"

冯四海笑了笑说："练出来的。"

"怎么练的？"

冯四海在我的再三催问下，向我掏出了心里话，原来冯四海的父母亲在他十岁那年被交通事故夺去了生命。这次意外的事故在冯四海心灵深处造成了深深的创伤，他变得寡言少语，每当遇到什么不顺心的事情，他就来到空空荡荡的山顶，铆足了劲，大声呼唤：

"爸爸——"

"妈妈——"

大山里回荡着冯四海啼血的呼唤，冯四海时常被回音震得流下了泪水。

听完冯四海的诉说，我的鼻子一阵发酸。

转眼间，冯四海和老兵们即将退役离开部队。在冯四海要离开中队前，我把优秀士兵的证书发给了他，并告诉冯四海，我把他在部队的表现反馈给他家乡的武装部和居委会，希望他们在冯四海退役后能给安置工作。冯四海听了我的话，眼里闪烁着晶莹的泪花，他想说些什么，但最终却没说出口。

在老兵登上火车的前一刻，我和冯四海紧紧拥抱。冯四海的嘴巴张了张，但还是没把心里话说出来。

冯四海登上火车了，他朝我们有力地挥了挥手。这一刻，他感情的闸门打开了，他铆足了劲大声喊道：

"爸爸——"

"妈妈——"

这滚雷般的喊声这些年一直回荡在我的脑海。冯四海把我们比做人世间最疼爱他的亲人，这种比喻尽管不太恰当，但却是冯四海的真情流露，这发自肺腑的心声给了我太多的感动与震撼。现在，每当我面对一张张天真可爱的新兵面孔时，我总在心里对自己说：他们都是我的骨肉兄弟，我要捧出一颗炙热的心爱他们！

作者手记

在部队，有调皮捣蛋的兵，冯四海就是其中一位。但他的身上有闪光点，需要带兵干部深入挖掘发现，捧出一颗炙热的心关爱他，他就会慢慢转变。在校园，有顽皮和厌学的孩子，他们有缺点，但也有闪光点，老师和同学们多加呵护，他们就能健康成长。

九、掰手腕

在六中队，一期士官黄皓权绝对算个人物。他肤色黝黑，长得浓眉大眼、人高马大，往队列前头一站，就像一座黑塔。那叫得山响的口令、踢得虎虎生风的正步、呱呱叫的枪法让六中队的战士对黄皓权禁不住高看三分。战士们一提起黄皓权，个个都是翘起大拇指："我们的班长，军事素质用一个字形容，那就是——棒！"倘若你再问上一句："除了军事素质过硬外，你们班长还有啥绝活儿可以在军营里抖威风？"战士们更是眉飞色舞："我们班长还有个拿手好戏——掰手腕，用一个字形容那就是——绝！"

黄皓权掰手腕时，把粗壮的手臂往桌上一搁，那一块块肌肉就像涨潮时埋在海水里的岩石，若隐若现；当他的手臂与对手的手臂接触时，那一块块肌肉就像退潮时露在海面上的岩石，轮廓分明。交手的过程中，只见他两眼微闭，两嘴一抿，嘴里悠悠地冒出一个字："倒！"

话音刚落，对手的手臂就像一棵遭到砍伐的树，轰然之间便倒下了。

黄皓权的这手绝活儿赢得了六中队所有与他掰过手腕的战友的尊

重。在支队组织的掰手腕比赛中，黄皓权也是打遍天下无敌手。据说在那次支队组织的掰手腕比赛中，黄皓权就像一只还没睡醒的老虎，两眼微闭、打着哈欠。可就是这副漫不经心的模样，却还是寻不到一个对手，这让战士们除了对黄皓权敬仰之外，更多了一份畏惧。他们心里冒出这样的疑问：黄皓权在掰手腕的时候，倘若睁开双眼，是否能像鲁智深那样拔起杨柳呢？

大伙翘首期盼能看到黄皓权在掰手腕时能睁开双眼。可放眼望去，黄皓权的对手在哪儿呢？

一个阳光明媚的早晨，一溜的战士在六中队的操场上列成行，他们是新兵连军训结束后，分配到六中队的新兵。这批新兵的班长就是黄皓权。

在新兵的期盼之中，黄皓权登场了。令新兵们感到意外的是黄皓权并没有像其他班长一样站在队列前头发表长篇大论，他只是在队列的前方摆上一张桌子，两张凳子。

新兵们面面相觑，他们琢磨不透班长的葫芦里究竟装着什么。

黄皓权悠然坐下，他把粗壮的手臂往桌上一搁，问："谁自告奋勇，来与我掰手腕？"

没人作答。

黄皓权仰脸，像扫视满天星斗般瞅了瞅每个新兵，说："嗯，个头都不小，像是都很有力气，为啥不敢上来挑战呢？"

黄皓权这么一说，人高马大的排头兵吴庆虎便跳将出来，两人在桌子的两侧，刚一较上劲，吴庆虎就败下阵来。

"新兵蛋，你还嫩着呢，别伤了骨头。"黄皓权笑了笑。

血气方刚的吴庆虎恼了，他伸出胳膊："班长，再来一次？"

黄皓权一愣："怎么，你不服？"

黄皓权说罢，把手臂往桌上一搁。吴庆虎的心顿时发虚，他暗暗叹道：乖乖，那搁在桌上的哪是手臂，分明就是一座大山呀！

见吴庆虎不敢应战，黄皓权眯缝着眼睛问："还有谁来挑战？"

"班长，我可以试试吗？"怯怯的声音从队列的末端发出。

循声望去，只见站在队列最后，块头最小的刘东飞正用腼腆的目光注视着黄皓权。

黄皓权笑了笑："新兵蛋，你行吗？"

"试一试。"刘东飞憨憨地应了一句。

两只手臂像两根钢管，呈"人"字架在了桌上。黄皓权刚开始并没把刘东飞放在眼里，他微闭着眼睛，想以秋风扫落叶一样之势，尽快结束战斗。

令黄皓权没想到的是，刘东飞绝非等闲之辈。他的手臂就像一堵

墙，任凭黄皓权如何进攻，这堵墙都不倒。

较上劲儿了！

新兵们见刘东飞与黄皓权展开一场拉锯战，便倒向了刘东飞的一边，他们齐刷刷地高喊：

"刘东飞，加油！"

"加油，刘东飞！"

战友的鼓劲使刘东飞士气大振，他朝黄皓权发起了猛攻。只见他面色通红，两腮鼓起，整个人就像一发上了膛的子弹，随时可能朝黄皓权射出。面对刘东飞咄咄逼人的攻势，黄皓权水来土掩，兵来将挡，他依旧微闭着双眼，就像一位运筹帷幄，决胜于千里之外的将军。

虽然黄皓权摆出一副轻松的模样，但大伙还是从他额头上冒出的细细密密的汗珠和暴起的青筋里看出了战局的激烈。

僵持了三分钟之后，刘东飞渐渐地占据了场上的主动，他的手臂几乎把黄皓权的手臂压到桌面上。就在刘东飞要取得决定胜利的那一刻。黄皓权微闭的双眼忽然之间睁开，只见他五官拧成一团，头发根根竖起。

"起！"黄皓权低低地吼了一声，那像树一样倒下、即将落地的手臂，随着他发出的声响，居然晃晃悠悠地挺立了起来。

局势一下子被扭转了。士气大振的黄皓权两眼圆睁，大吼了一声："倒！"

话音刚落，刘东飞的手臂就像被人砍倒的树，轰然倒地。

一场惊心动魄的掰手腕大战，最终以黄皓权的胜利而告终。

虽然黄皓权胜得异常艰难，但他依旧傲气十足："咦，老虎打了个盹，小猫就偷偷地爬上来，想拔虎须了。"

刘东飞显然被黄皓权的话给激怒了。他的脸涨得通红，说："班长，再来一局。"

"真的还想来？"黄皓权酷酷地问了一句。

"想！"刘东飞嗖地坐到凳子上，支起手臂，摆出一副决战的模样。

"再输了呢？"

"再来！"刘东飞早已没有了刚才的腼腆，此时的他就像一头用三匹马都拖不回的犟牛。

"刘东飞，棒啊——"刚才面部表情严肃的黄皓权突然朝刘东飞翘起了大拇指，兴奋之情溢于言表，"今天，是我给你们这些初到军营的新兵上的第一节课，之所以以掰手腕作为开局，那是因为掰手腕是我的强项，不是我吹牛，在整个支队，我还没寻到对手。今天，我想在我带的新兵中发现一两个对手，果真，我碰上了逼我使出浑身解数的高手，这样的较量实在太过瘾了。比赛获胜固然让我高兴，但还有更让我高兴的事，你们猜是什么？"

新兵们搔搔头，答不上来。

"最让我高兴的是刘东飞身上那股初生牛犊不怕虎的犟劲，作为一名新兵，就要像刘东飞那样敢于挑战，永不服输。我希望刘东飞能发扬这种精神，将来在与我掰手腕比赛中把我拿下！"

黄皓权的第一堂课上得生动而精彩。

黄皓权的眼光不错，刘东飞确实是个百里挑一的好兵，凭着那股永不服输的精神，他从新兵里脱颖而出，成为班里的骨干。

平日闲下来的时候，刘东飞总喜欢找黄皓权掰手腕。每次他俩的交手都会引来众多战士的围观。在他们的加油声中，两人杀得天昏地暗，可最终的结果都是把眼睛瞪得灯笼似的黄皓权险胜。

每次败下阵之后，面红耳赤的刘东飞总会撂下一句话："班长，下一次我一定会战胜你！"

刘东飞说这句话时，脸上总是带着一股敢把皇帝拉下马的狠劲。而黄皓权则面带灿烂的微笑，从容应答道："好，我等下一次！"

花开花落，转眼间时间过去了。黄皓权尽管想留队转二期士官，但并没有如愿，领导决定让他退役。他的位置由刘东飞取代。

黄皓权没转成二期士官，中队流传着两个版本：一种说法是因为中队转二期士官的指标非常有限，尽管领导想把黄皓权留下，但受名额限制只好忍痛割爱。另一种版本则是刘东飞在黄皓权的精心培养下，军事素质非常出色，大有青出于蓝而胜于蓝的趋势，领导经过比较，觉得由刘东飞代替黄皓权当班长，他干得会比黄皓权更出色。当这两种版本在中队流传开后，许多战士都信第二种版本，他们发出感慨：长江后浪推前浪，前浪死在沙滩上。

离开部队的前一天，黄皓权找到刘东飞，要最后与他掰一次手腕。

以往，都是刘东飞找黄皓权挑战，今天黄皓权主动找上门来，完全出乎刘东飞的意料。

两人在操场上摆开架式，两只手腕一撞在一起，一场地动山摇的恶战就拉开了帷幕。

那天前来观战的战友特别多，以往他们都支持刘东飞。这次却齐刷刷地支持老班长黄皓权。

"黄皓权，加油！"

"加油，黄皓权！"

喊声震天动地。

可战局的发展却完全背离了战友们的意愿，黄皓权与刘东飞一交手，就陷入了被动。沉着冷静的刘东飞并不急着发起进攻，他采取稳扎稳打的策略，一步一步地把黄皓权逼入绝境。山穷水尽之际，黄皓权又使出了撒手锏，他瞪起双眼，大吼一声，使出浑身力气欲扭转局面，但此时的刘东飞相当的老辣，他紧抿着嘴，两脚趾紧紧地抠在地面上，整个人就像一棵落地生根的树。

战士们看到发起猛攻的黄皓权脸色由红变紫，再变红。可却始终无法扭转局面。而刘东飞则瞅准了一个机会，出其不意地发起猛攻，并取得了决定性的胜利。

战局结束了，让战友们感到纳闷的是刘东飞的脸上并没有胜利者的喜悦，黄皓权也没有失败者的沮丧。

"老班长，一路走好！"刘东飞紧紧地握住黄皓权的手，眼里蓄满了泪水。

"刘东飞，棒啊——"黄皓权竖起大拇指。

这场掰手腕比赛虽然结束了，可是却有一些战士认为黄皓权在这场比赛中有放水的嫌疑，他们举出的理由是：黄皓权先前在与刘东飞掰手腕时，从没败过。他可以带着金刚不败之身，以胜利者的身份，昂着头离开部队，完全没有必要自己找上门，向手下败将挑战。至于为啥要放水，他们认为黄皓权虽然把自己东方不败的神话给砸了，却为刘东飞树起了的威信，让中队官兵觉得刘东飞才是最棒的，黄皓权此招真可谓用心良苦！但另一部分的官兵不太认同这种观点，他们认为刘东飞平日在与黄皓权的掰手腕中，虽然处于下风，但他永不服输，屡败屡战，终于发现了黄皓权的破绽，他战胜黄皓权那是水到渠成。

黄皓权离开部队后两个月，给刘东飞写了一封信：

刘东飞，你知道我为什么喜欢你吗？那是因为我从你的身上看到了我刚当兵时的影子。我相信你当班长之后，一定会比我干得更好。有人说长江后浪推前浪，前浪死在海滩上。我觉得这话说得不对，应该是长江后浪推前浪，前浪还能浪打浪。正因为在部队时练就了过硬的军事素质，我退役后不久，被一家保安公司相中，担任保安大队大队长。现在，日子过得很滋润。

另外，我给你写这封信的最大目的，就是过些年，我想重回军营找你掰手腕，我一定要把输掉的一局扳回来。

第二年春暖花开的季节，新兵下连队了，刘东飞像老班长一样，把一张桌子往新兵面前一横。他像黄皓权一样把粗壮的手臂往桌上一搁，问："谁自告奋勇，来与我掰手腕？"

没人作答。

这一刻，刘东飞感到了孤独，他的眼帘里晃动出黄皓权的影子。他在心里默默地说：有个强劲的对手，多好！

作者手记

在部队，老兵黄皓权常与新兵刘东飞掰手腕，刘东飞虽屡战屡败，但屡败屡战。经过多次较量，最终，刘东飞与黄皓权不分伯仲。长江后浪推前浪是自然规律，但前浪还能浪打浪就显得难能可贵。校园里，田径场上同学们你追我赶，奋勇拼搏，课堂上，同学们互相学习，共同进步，不正是这种精神的完美诠释吗？

十、读海

　　吴浩蹲在孤岛灯塔边的一块岩石上，这块岩石很大，岩石上隐隐约约留着一个屁股的轮廓，吴浩把自己的屁股放在轮廓里，两眼怔怔地望着大海出神。

　　此时已是傍晚，晚风抚摩着海的绸缎似的胸膛，晚霞把柔和的亮光轻轻地网在海面上。大海在这些爱抚的温柔力量之下，仿佛在睡梦中一样轻轻地喘息着。在大海的喘息声中，空气里弥漫着一股淡淡的盐味。这种味道吴浩太熟悉了，他在这个孤岛上已整整生活了五年，岁月已把他从一个细皮嫩肉的新兵蛋腌成一个满脸沧桑的老兵。明天，作为孤岛班长、一级士官的吴浩即将退役回家。原先，吴浩盼星星盼月亮地盼着这天的到来，因为他在这荒凉寂寞的孤岛上已经待怕了。可当这一天真的来临时，吴浩的心里却涌动着复杂的滋味。带着盐味的风吹在脸上，吴浩觉得就像一把锉刀在轻轻地割着他的脸，使他有一种说不出的痛。

　　这座巴掌大的孤岛上，只有三个兵：吴浩、肖成、霍兵。他们平日的工作就是爬上建在岛上的灯塔，引导船通过航道。

吴浩从新兵连的鸟笼里飞出来时，就被分配到这孤岛。对于领导的这个安排，吴浩不仅没有抱怨，反而觉得很兴奋，因为他上初中时就看过《鲁滨孙漂流记》和波兰作家显克维的传世名篇《灯塔看守》，那时的他对孤岛充满了向往和热爱。

　　吴浩上岛的那天，海面上弥漫着一层淡淡的雾，雾中一张黝黑的脸儿显得既真实又朦胧，那是班长刘彬成的脸。见到吴浩和另一个新兵郑成勇，他的眉一扬，口一张，层层笑纹痛快淋漓地从嘴角漾出。吴浩觉得刘彬成的笑与他的年龄不太相符，他笑起来满脸皱纹就像层层涟漪荡开，他才是一个二十多岁的小伙子，怎么给人一种历尽沧桑的感觉？

　　吴浩的目光又扫了扫这个孤岛，孤岛只有巴掌那么大，岛上石头连着石头，一丁点的土地都看不到。吴浩感叹造世主的无情，它既然给了孤岛傲然挺立的骨架，却为什么却给它最贫瘠的肌体呢？

　　当一个个问号横亘在脑海中的时候，吴浩的眉头锁紧了，郑成勇一副笑眯眯、无忧无虑的模样儿，而刘彬成则发出一阵爽朗的笑声。也就在刘彬成的笑声中，吴浩和郑成勇的孤岛生活拉开了帷幕。

吴浩刚来这里时，对孤岛上的一切东西都感到新鲜和好奇。白天面对碧蓝的大海，清澈的蓝天，望着天空中无忧无虑滑翔的海鸥和水里成群悠闲自在的鸟儿，他总是发出一阵阵感叹。夜晚，走上灯塔，他能看到大大小小的船在航道里行进，而灯塔里发出的亮光清晰地引导着它们行进的方向。船通过航道后，船上会打来致谢的信号和致礼的长笛。听到这声音，吴浩的心里充溢着自豪与满足，他深深地陶醉在自己营造的幸福氛围里。

　　在孤岛上的前几个月，吴浩过得很充实很幸福，可时间一长，就完全不是这么回事了：白天兵看兵，晚上数星星；出门看大海，进门听涛声。寂寞与无聊开始影子般缠绕在他和郑成勇的身上。

　　没有电视、报纸，高温、高湿、高盐、无蔬菜、缺淡水……在这样的环境下，人们特想吃蔬菜，每天他们都要掰着手指算军需补给船什么时候到。这时候，吴浩觉得军需补给船对于他们就和救生圈对于落水者一样重要。

每当见到十天一次的军需补给船到来时，吴浩和郑成勇总是高兴得手舞足蹈。与吴浩和郑成勇的兴奋之情形成鲜明对照的是班长刘彬成。每次军需补给船来，他都摆出一副冷漠的表情，一个人坐在那块大岩石上，两眼怔怔地望着大海，似乎若有所思。这就是班长常说的读海，他说他能从大海里读出许多的内容，并用这些内容点亮自己在孤岛寂寞的日子。班长读海时，神情极为虔诚专注，就像一位不食人间烟火的仙人。他只是在军需补给船远去的时候，目光才从蔚蓝的大海移到那艘渐行渐远的补给船上。他的双眼瞪得大大的，似乎要把整条船揽入他的心灵深处。

如果说在孤岛上还有什么乐子的话，那就是讲故事比赛。刚开始，他们的故事讲得还有点真实性，后来越讲越离谱了，简直是吹牛比赛。其中吴浩讲故事的水平绝对一流，他的许多胡编滥造的故事常把他俩逗得哈哈大笑。但刘彬成笑过之后，却对吴浩的故事进行评头论足。他说吴浩讲的故事太假，经不起推敲。

后来，刘彬成班长和郑成勇退伍了，吴浩成了孤岛上的一级士官班长，那块原先刘班长坐的大岩石就成了他的专座。他和新来的肖成、霍兵三个战士像三颗钉子一样钉在孤岛上。

在孤岛上，吴浩延续着刘班长的光荣传统，闲下来的时间，讲些书上看到的或听来的趣闻轶事……

海水在战士们的目光中，每天都发生着细微的变化，轻轻的海风在海面上弹奏着时而略带凄凉，时而略带欢快的曲子。日子就这样一天又一天地从眼前滑过了。不知不觉中，三年时光过去了，吴浩也要退伍离开孤岛了，他舍不得这里亲爱的战友们。夜深人静了，吴浩还在海边徘徊着，深夜的海风格外冷，吴浩禁不住打了个寒战，但他并不想去睡觉。他的目光再一次探向了大海，吴浩刚当兵时，看大海是深蓝色的，后来，他发现那不过是表面的颜色，渐渐地海水颜色变得很复杂了，好像在深蓝色的下面隐藏着各种各样的东西。慢慢地，他的目光从大海移向了孤岛，移向了那个灯塔。这时候，原先待在塔上的几只海鸥心有灵犀朝他飞来，它们落在吴浩的肩膀上，用翅膀轻轻地拍打着他的头。吴浩伸出手摸了摸海鸥柔软的身子，两眼湿漉漉地说："明天，我就要离开这里了，你们要多保重。"海鸥心领神会，一步三回头地飞走了。

望着海鸥的身子融进浓浓的夜色中，吴浩心里空空落落的。他从岩石上站起身子，爬上了灯塔。站在灯塔上，他感觉天幕如卷轴一般"哗"地抖开，直泻下来，永远不甘寂寞的大海有意无意地弄出一些声响，再加上远处轮船的灯火，构成了一副非常独特的画面。吴浩顿时心潮澎湃，他终于明白了古人所云："不识庐山真面目，只缘身在此山中。"这是千真万确的，他在孤岛这么多年都没意识到这里的景色这么美，而当他要离开时，他才觉得这里的一切是如此值得回首。

走下灯塔，吴浩绕着孤岛走了一遍。他的目光在大海和孤岛上穿梭，他要把大海和孤岛深深地印在脑海里，以便带回老家细细品味。

半个月亮

作者手记

　　同学们都喜欢海，但如果天天与大海面对面，就会觉得枯燥乏味。在孤岛当兵，天天看海很无趣，难能可贵的是这些可爱的兵却从看海中品出了味道。他们刚当兵时，看大海是深蓝色的，后来，发现那不过是表面的颜色，渐渐地海水颜色变得复杂，好像在深蓝色的下面隐藏着各种各样的东西……

　　同学们，读懂了大海，你就会领悟到"面朝大海，春暖花开"的意境。

第三部分　回眸军营

一、棋语

牛三宝退伍离队的前一个夜晚，拿着一个棋盘，走进我的屋子。

"连长，我明天就要离开部队了，想和你下盘棋。"牛三宝低声嘟哝道。

我笑着拍了拍牛三宝厚实的肩膀，尔后，摆开棋局。互相谦让后，牛三宝把"炮"前方的那头"兵"向前挺进一步。

这步棋在象棋棋谱中叫"仙人指路"。牛三宝下完这步棋，跷起二郎腿，一本正经地说："象棋似布阵，点子如点兵。连长，一场惨烈的厮杀即将展开哟！"

我瞧了瞧自信满满的牛三宝，不语。

"连长，你是不是有点儿怵？"

牛三宝说得一点都没错，我对他下的这步棋确实有点怵。作为连队的象棋第一高手，我深知"仙人指路"的后续变化很多，牛三宝过去跟我下棋，只要轮他先下，他便不假思索地以当头炮开局。

"哈，连长，你真被吓着了？"牛三宝笑道。

我瞟了一眼楚河汉界上的"兵"，又望了望嬉皮笑脸的牛三宝，觉得那枚"兵"就是当初牛三宝踏进军营的真实写照。

"连长,你再不落子,就算输了!"牛三宝大声催促。

我思考片刻,最终以跳屏风马开局。

牛三宝是个擅长制造笑料的兵。

新兵集训结束后,按常规要进行会操。会操前,班长再三交代手下兵,团领导来看会操,领导说什么,你们就跟着答什么。比方说,领导说:"同志们好!"你们就答:"首长好!"领导说:"同志们辛苦了!"你们就答:"首长辛苦了!"

那天会操开始前,参谋长没有坐在主席台上,而是在新兵队列中穿梭。当他看到白白胖胖的牛三宝,便走上前,笑眯眯地说:"这位新兵胖。"

牛三宝见领导说话,慌忙立正,挺起胸脯大声回答:"这位领导胖!"

牛三宝的话音刚落,原先肃静的队列"哄"地爆发笑声。气得班长在牛三宝的屁股狠狠拧了一下,牛三宝一脸的不服气,冲着班长嘟哝道:"班长,你不是说领导说什么,我们就跟着答什么吗?再说领导长得也确实胖呀。"

牛三宝制造的这个笑话,让他在我们连名声大振。面对这么个活宝,我和指导员压力很大,经过反复商议,决定让牛三宝去养猪。我俩认为让牛三宝养猪,他和外界接触少了,就不会给我们捅娄子。当我把这个又脏又臭又累的活儿交给牛三宝时,原以为牛三宝肯定要发脾气,岂料牛三宝非常愉快地接受了这个任务,他仰起脖梗,响亮地说:"兵是革命的兵,猪是革命的猪。革命的兵一定养好革命的猪!"

说心里话,我如果不是当连长,肯定被他的一席话逗得前俯后仰。但身在其位的我不能喜形于色,我板下脸说:"君子无戏言。"

牛三宝答："绝无戏言！"

牛三宝说罢，脚下像踩着鼓点一样走了。我望着他远去的身影，禁不住一声长叹：此兵真憨！

以后的日子，牛三宝一脑门的心事全放在猪上。猪如果生病了，他就病恹恹地吃不下饭。母猪产崽时痛得嗷嗷乱叫，手足无措的牛三宝便急得上蹿下跳。母猪痛苦地在猪圈内打着滚，牛三宝便也在猪圈外的草皮上打起滚。当母猪产崽后，满脸喜悦的牛三宝禁不住振臂呐喊，那模样简直和彩民中大奖一样兴奋。战友们看到他这副模样，都笑着说：此人太痴！

那些日子，牛三宝在我脑海里是一个四肢发达、头脑简单的傻大兵，可后来发生的一件事，让我改变了对牛三宝的看法。

那年，支队召开后勤工作现场会，因为猪养得好，支队领导点名让牛三宝畅谈养猪的经验。接到任务之后，我帮牛三宝准备了讲话稿，上台发言之前，我把稿子又改了好几遍。牛三宝拿着讲话稿在我的面前声情并茂地朗读了一遍，我觉得牛三宝朗读得不错。

上台发言那天，牛三宝踩着鼓点一样的脚步走上台。站在台中央，他没拿出讲话稿，而是先讲一个故事："有位武林高手赫赫有名，慕名挑战者很多。一日来了一人，武林高手问挑战者练过什么武艺，那人说，我过去十年练了十八般武艺，你要小心了。武林高手微微一笑，几个回合就将那人打败。一日又来一挑战者，武林高手依然问他过去都练了什么，挑战者说我过去十年什么都没练，就用心练了一个铁头功。武林高手一听，二话不讲，俯首认输。"

牛三宝的开场白很出彩，大伙的注意力立即集中到他身上，牛三宝要的就是这个效果。他开始介绍自己这颗螺丝钉如何在又脏又臭的猪圈里闪耀出夺目的光芒。牛三宝的发言情感真挚、有血有肉，完全不按我原先为他准备的稿子发言。尤其出彩的是发言结束的时候，他亮出招牌动作，让自己胖乎乎的左手在空中画出一道美丽的弧线，尔后大嘴一张，开始自由发挥："如果我是一名战斗班的战士，我会聚精会神，每次打靶，都力争把子弹射向靶心。现在组织上把我安排在后勤班养猪，我责无旁贷，必须扑下身子，一心一意养好猪。在军营，我的人生法则就一条——专注是金！"

牛三宝的发言赢得满堂喝彩。我使劲鼓掌，心里却暗暗嘀咕：可别小瞧了牛三宝，这个兵还真不简单！

一晃半年时间过去，团里成立了腰鼓队。牛三宝在家乡曾拜师学过鼓，团领导定名要牛三宝担任腰鼓队的大鼓手。大鼓手就像一个乐队的指挥官，是整个鼓队的核心。我说："牛三宝，你肩上的担子不轻呀。"

牛三宝挂出讨人喜欢的微笑，夸张地张开双臂，声情并茂地说："革命战士是块砖，哪里需要哪里搬。"

我心头的石头落下了。离开的时候，牛三宝忽然拖住我，说："连长，我想跟你下盘棋。"

在连队，大伙都知道我的象棋无对手。今天，牛三宝这个初生牛犊居然敢向我挑战，我决定让他瞧瞧我的厉害。

棋局的初始阶段，牛三宝落子如飞，摆出一副成竹在胸、志在必得的架势。我刚开始并没把牛三宝放心上，可交手几个回合之后，发现他的棋不仅有功力，而且还有一股犟劲。我特别喜欢和有功底的人下棋。于是，我使出浑身解数，一时间，楚河汉界战云密布，中宫炮用马罩，双车挟士，重炮将军，直斗得难解难分。经过激烈的厮杀，最终还是我技高一筹，拿下了那盘棋。

那是我和牛三宝下的第一盘棋。下完这盘棋，精疲力竭的我忽然觉得牛三宝人如其名，他的身上确有三宝：一憨二痴三犟。

以后，我到团机关办事的时候，常去腰鼓队找牛三宝。作为腰鼓队大鼓手的牛三宝与腰鼓朝夕相处。打鼓看起来轻松，实则不易。鼓槌一击鼓面，重重的反弹力震得手腕发疼，牛三宝的虎口被震裂流血。但犟劲上窜的牛三宝两腮鼓得圆嘟嘟的，他用布把伤口一裹，又继续练，大有一副敢把皇帝拉下马的意志和恒心。那鼓就像桀骜不驯的野马，终于被牛三宝驯服。征服了鼓，并非万事大吉，作为大鼓手，还必须背谱。牛三宝便把他对猪的痴情转移到鼓谱上。他把鼓谱随时装进兜里，一有空就拿出来边看边琢磨。有一回，吃饭的时候，牛三宝忽然想起还有一段鼓谱没有记牢，就边吃边默记，手中的筷子也随之变成鼓槌，在饭桌上敲打起来，叮叮咚咚的响声把大伙逗得哈哈大笑。

牛三宝每次见到我，都是一脸的灿烂。他总要拖住我下一盘棋。牛三宝的棋很有"杀"气，一开局就和我杀得天昏地暗。对付牛三宝的棋，我总是格外小心，小心翼翼地避开他的锋芒，尔后出其不意一击，往往起到一槌定胜负的效果。即使他的局势占优，我也有对付他的绝招儿，当他调兵遣将向我的老巢发起进攻时，我的嘴就开始嘀咕："马走日，象走田，过河卒子向前冲。"这嘀咕声随着战局的发展，越来越大。噪音使牛三宝心烦意乱，他身上的那股犟劲冷不丁就冒了出来。此时，他的棋子如同疯牛般直往前冲，这正中我这个西班牙斗牛士的下怀，三下五除二，战局就被我扭转了。赢了棋的我笑眯了眼，输了棋的牛三宝憋红了脸。

"连长，下次再来时，我一定要胜你！"每次我离开腰鼓队时，牛三宝总是不服气地甩下这句话。

那天，我与牛三宝的那盘棋下得很艰难。牛三宝一改往日只重进攻，不重防守的风格，改用一种含而不露、步步藏杀机的办法向我发起进攻。他落子很慢，每枚棋落子前，他都要让棋子在空中划出一条美丽的弧线，尔后才让它稳稳地落到棋盘上。

"嘭！"棋子敲击棋面所发出的声响，就像牛三宝平日击鼓发出的声音，很显然，牛三宝把棋盘当成鼓，手中的棋则成了槌。

牛三宝是锣鼓队的旗手，旗手就得有旗手的风范。由于长期在烈日下操练，牛三宝原先白白嫩嫩的皮肤变成了古铜色。阳光下，头扎红布站在腰鼓队正中的牛三宝俨然像一座巨型的雕像：古铜色的脸，满脸筋肉的棱角，微微眯缝着的眼睛。当他手中的鼓槌有力地撞击鼓面时，响起的鼓声时而铿锵热烈，如水阻江石浪遏飞舟；时而放浪豁达，如月游云宇，水漫平川。战士在他那雄浑、刚劲的鼓点指挥下，逐渐成熟起来。他们昂首挥臂，轻快跳跃，鼓声节奏整齐、激越高亢，每次领导来访或者外出表演，都会赢得一片赞叹声。

我和牛三宝的棋局渐渐进入中盘厮杀阶段，我的"车"向他的阵营发起猛攻，但每次攻势都被牛三宝化解。待我攻得精疲力竭之际，牛三宝仙人指路的"兵"出其不意地向我的大本营逼近。

"兵"是棋盘里最不起眼的角色，但也是最有个性的角色。它的肢体语言就是勇往直前，决不后退。棋盘上那用一根红线串起来的五个"兵"就像整齐的队列，遥相呼应，纪律严明。兵与兵、兵与部队之间有一种难以用语言描述的情感，在他们即将分离时，这种情感就像酒精一样挥发出来。

老兵退伍的时候，牛三宝带领腰鼓队为退伍的老兵送行。猎猎红旗下，牛三宝握槌击鼓。鼓声刚开始时如雨打芭蕉，低沉浑厚。当退伍老兵欲登火车时，鼓声陡然变得悲怆委婉，如风啸峡谷，百折迂回，丝丝缕缕，欲断又连。这透着浓烈伤感的鼓声就像催化剂，霎时，退伍老兵和新兵哭声连成了一片，倾盆大雨般的泪水汹透了整个车站。

　　尘埃落定之时，牛三宝抱着大鼓久久不肯离去。当战友把他从大鼓上拖开时，发现大鼓上留下斑斑点点的泪痕……

　　牛三宝的"兵"继续向我的"将"挺进，我的棋开始下得越来越

被动。不甘心失败的我又组织兵马进行反扑，岂料，牛三宝对我的反击早有思想准备，他下出一连串的好棋，将万分复杂的棋局犹如抽丝剥茧一样，一层层理出头绪，并占据绝对优势。此时，我只有招架之功，没有还手之力，眼看牛三宝的棋就要取胜了，但这在这时，牛三宝却不可思议地把"兵"推到底线，这意味这个原先可当"车"使的"兵"已经没有了威力。

"你不悔棋？"

牛三宝摇摇头，脸上透出淡淡的惆怅和伤感。

俗话说："天有不测风云。"牛三宝是腰鼓队的大鼓手，按说转个士官应没什么问题。他本人也非常希望能留在部队。可后来因为各种原因，腰鼓队解散了，牛三宝从团机关回到连队。这个结局是我们怎么也没想到的，那时，我们连队转士官人员已基本确定，牛三宝的回归让我们感到非常为难。我和指导员经过反复研究，最终决定维持原先的方案。

宣布老兵退伍名单的前两天，我找到牛三宝，当我把组织的决定告诉他时，按牛三宝以往穿大鞋、放响屁的性格，他会一锅滚油倒上了凉豆子——噼里啪啦地爆起来。可那天情况有点反常，我说话的时候，牛三宝双手插在裤袋里，头仰着天，一脸的轻松。可当我走远之后，他缓缓地蹲下，两只手紧紧地抓着头发，把泪水和哭声捂在两腿之间。但不管怎么捂，那低低的哭泣声还是将我的心揉碎。

这盘棋终因牛三宝的一步失误而成了平局。棋下完后，牛三宝的目光仍定格在底线的那枚"兵"上……

牛三宝离开部队后，我对那盘棋进行仔细的复盘，忽然觉得牛三宝那天之所以棋风大变，是因为他把内心的苦闷融入下棋的过程中。那枚屡建战功的"兵"则是他平日在军营的真实写照，至于他最后为何把"兵"莫明其妙地推到底线，我一直破译不出这个谜。

牛三宝退役后，远走深圳打工。当他来到传说中遍地黄金的深圳特区，站在到处闪烁着霓虹灯的夜空下，呼吸着湿润而温暖的空气，他感觉未来很美好。

理想很丰满，现实却很残酷。

那段时间，在牛三宝耳边，是一句也听不懂的方言；在他眼里，是一张张陌生的面孔；在心里，则是无边无际的孤独和无助。由于工作没有着落，牛三宝在深圳街上给人擦皮鞋，当出卖劳力的搬运工。

日子虽然过得很不如意，但牛三宝从不向我们诉苦。深圳混不下去，他就去广州，广州混不好，就到上海。虽然四处碰壁，但牛三宝撞破南墙不回头，总以为凭着多年在部队的磨砺，凭着骨子里的那股拼劲，没有办不了的事情，没有干不成的工作。于是，他便在国内各大都市辗转，四处找工作……

我从侧面了解到牛三宝生活的窘态后，便与他通了电话，我说："三宝，人生如棋，下错了棋，还可以重来。"

牛三宝说："首长，你和我下棋，不是从来不让我悔棋吗？"

我笑道："你若耍赖，我也只好迁就你。"

我的话让牛三宝哈哈大笑，我知道他的心结打开了。果然，牛三宝向我打开了心扉，将苦闷和烦恼一股脑儿全倒出来。

听完牛三宝的叙述，我说："三宝，其实熟悉的地方也有风景，只是你自己没发现。你的家乡这些年经济飞速发展，你回家乡发展，或许是很好的选择。"

牛三宝在电话的那头沉默不语，我知道他有点心动。

为了让牛三宝返乡，我煞费苦心地设计一个象棋的残局，并通过微信发给他。残局中一枚"兵"孤军深入，它的身旁没有车马炮的接应，随时可能成为对方的盘中餐。

牛三宝读懂了残局的含义，他迅速发来微信："首长，我想回家创业！"

我知道牛三宝真正动了回乡的念头，便决定拉他一把。于是，我连夜写了一篇《士兵的辉煌》报道。这篇报道着重描述牛三宝如何下苦功夫，把猪养得又肥又大，并以小见大，说虽然牛三宝在部队干得都是些上不了台面的活儿，但从这些细微的地方，可以看出他的朴实与真诚。现在，他虽然离开军营，但他在军营平凡的岗位上创造出辉煌的业绩，这样的人到地方之后，一定会干出一番事业。这篇新闻报道在省里发行量最大的报纸发表，旁边配了一张牛三宝替母猪挤奶的照片。这篇新闻报道是我写得最得心应手的，当我挥笔疾书的时候，与战友之间浓浓的情感如潺潺流水从笔尖流淌而出……

牛三宝家乡的养猪大户江世平看到这篇报道之后，觉得自己的养猪场需要一个得力的帮手，便通过我牵线，约牛三宝见面。

见面那天，牛三宝在江世平和他的独生女儿江晓丽面前，显得很拘束，手在膝盖上搓来搓去。江世平问一句，他答一句。江世平觉得招这么个员工来管理养猪场不太适合，他想结束与牛三宝交谈之际，原先一直不说话的江晓丽忽然开口问："三宝，你在部队都干些什么？"

牛三宝答："主要工作是喂猪，替战友做饭。"

"天天与臭烘烘的猪打交道，你觉得苦吗？"

牛三宝精神一下子抖擞了起来，亮出自己的招牌动作，让自己胖乎乎的左手在空中画出一道美丽的弧线，尔后大嘴一张："不苦，我觉得很幸福。"

"为什么？"

　　"因为我能从苦中寻到幸福的感觉，并把这种幸福的感觉放在舌尖细细地品嚼。品着品着，我忽然觉得自己就像黄连树上结出的甜瓜！"

　　牛三宝说罢，脸上漾出幸福得意的笑容。

　　江晓丽的心海荡起波纹。

　　江晓丽喜欢上了憨头憨脑的牛三宝，牛三宝也对江晓丽很有感觉。两人情投意合，半年之后，他俩便高高兴兴地领了结婚证。以后的日子，牛三宝没辜负岳父大人的期望，把猪圈清理得井然有序，猪养得白白胖胖，他还建起了一个非常现代化的养猪场，生意做得红红火火。

　　因为我的一篇新闻报道，让牛三宝交上了桃花运。他说，我是他生命中的贵人。这些年，我与牛三宝经常有联系，天南海北聊了一阵之后，他总会把话题绕到军营，东一榔头西一棒子地向我打听部队和战友的情况。我便把部队发生的故事全盘抖出。听到好笑的段子和情节，牛三宝在电话那头咯儿咯儿地笑。

　　与牛三宝聊天，对我来说是一件很愉快的事情。我俩无拘无束地东拉西扯，就像在天地之间下一盘棋，聊天的过程，也就在我们在天马行空地排兵布阵。那些日子，牛三宝与我谈为人处世、谈理想追求，他嘴里经常冒出富有哲理的词语，我也满嘴的之乎者也，就像一位知识渊博的哲人在仰望星空。

　　聊完天，如同棋局进入终盘，这时候，我的脑海冷不丁会冒出与牛三宝下的最后那盘棋。我问他为啥把"兵"推到底线，他总是笑而不语，我继续追问，他意味深长地甩下一句话："早早揭开谜底的人，是傻瓜；把谜底留到最后的人，是高手；让谜底永远存在的人，是神仙。"

　　唉，牛三宝云里来雾里去的话儿，让我不懂得他葫芦里究竟装着啥药。

去年部队军改，我所在部队撤编，任团长的我转业到地方工作，听说我转业，牛三宝大老远跑来看我。

见到我，牛三宝二话不说，便摆开了棋局，这回，我不再谦让，而是如法炮制，以"仙人指路"为开局，当我的"兵"雄赳赳、气昂昂地站在楚河汉界边的时候，我的心忽然咯噔了一下，恍惚之中，充满笑料的新兵生活浮现在眼前……

见我想入非非，牛三宝笑道："首长开小差了。"

我定下神，开始调兵遣将。战斗很快打响，只见双方横马跳卒，车攻炮轰，你来我往，战局一样子变得错综复杂、难解难分。

棋局进入中盘阶段，双方处在胶着状态。我的那头"兵"出其不意地冲过楚河汉界，一路向牛三宝的大本营挺进。为了对付我的那头"兵"，牛三宝调动重兵围剿，他的"车"刚过来围剿我的"兵"，我的"大炮"就被拖了出来，两军枪对枪，刀对刀地展开了"白刃战"。经过一番激战之后，双方都损兵折将，就在战局变得越发扑朔迷离之际，我的那头"兵"又出其不意地向前挺进。

卒子过河顶大车，战局朝我有利的方向发展，无论牛三宝使出什么手段，都无法阻止那头"兵"前进的步子。

在"兵"要向牛三宝老巢发起最致命一击时，我忽然变得神志恍惚，目光定格在那头"兵"身上，觉得这头"兵"就是自己的化身。我闭上双眼，对军营时光的追忆，如秋波般悄悄漾开，让我感到自己置身于一个丰盈奇异的时光截面，那帧帧旖旎的岁月倒影里不断涌现出我对军营的厮守与眷恋。如今，这段承载着光荣与梦想的军旅岁月即将隐约散去，但军旅生涯留给我的一切却是永恒的，这身让我魂牵梦萦的军装给了我蓬勃的朝气，我的骨子里永远镌刻着军人的印记。

"首长，你再下一步棋就可以将死我的'老将'了，为啥不下手呢？"牛三宝困惑道。

我将那枚"兵"高高地举起。

始料不及的事情发生了，我并没让那头"兵"去将军，而是阴差阳错地把"兵"突到底线，这意味这个原先可当"车"使的"兵"，已经没有了威力。

"首长，你不悔棋？"牛三宝蹙起眉头。

我摇了摇头，目光与牛三宝对视，发现我俩眼里都有泪光在闪动。也就在这一刻，我终于破译出牛三宝那步荒唐的棋所蕴含的深刻寓意。

你瞧——走到底线的"兵"多像义无反顾勇往直前的军人，在他们即将离开部队的时候，棋盘就像军营，军人再向前跨一步便离开了军营。但即便他离开了军营，心却永远地搁在了那儿……

作者手记

在部队，牛三宝和"我"结下了深厚的友谊。牛三宝和"我"下完最后一盘棋，便离开了军营。后来"我"

转业了，在与牛三宝下棋时，"我"阴差阳错地把"兵"突到底线。你瞧——走到底线的"兵"多像义无反顾、勇往直前的军人。在他们即将离开部队的时候，棋盘就像军营，军人再向前跨一步便离开了军营。但即便他离开了军营，心却永远地搁在军营。

　　这是两名退伍军人用下棋进行的一次心灵对话，是血浓于水的战友情体现，是退伍军人对军营的深情回望，也是老兵对军营的致敬！

二、在路上

"在路上！"

这是肖和明的口头禅，他说这话时，总是高昂着头，声音打胸腔里蹦出，透着一股丹田气。

肖和明是我的战友，他从国内名牌医学院毕业，分配到武警总队医院。那年，在总队医院招的地方大学生中，他的个头偏矮，每次队列训练，教官要求地方大学生按高矮排列时，肖和明总要站在队伍的前列，硬是把高出他半个头的同学挤在后头。在队列中，他的身子挺得像笔直的电线杆，小眼睛睃了一眼站在身旁比他高出半个头的同学，鼻子里轻轻地发出一声充满蔑视的哼声。

与众不同的肖和明自然引起大伙的好奇，大伙开始追根溯源，发现肖和明来自一个偏僻的农村，父母都是老实巴交的农民。肖和明从小学到高中，学习成绩在县里都出类拔萃，并以高分考入国内名牌医学院。在医学院，他的学习成绩非常优秀，大学毕业之后，他原本可以留校当助教，但他选择了部队医院。问他缘由，肖和明响亮亮地回答："我喜欢军营，我把入伍当作人生的财富与荣耀！"

地方大学生军训结束之后，肖和明被分配到总队医院传染科工作。在总队医院，大多数医生都不愿意到传染科室工作，怕在那里工作，会被病人传染。肖和明却自告奋勇，主动报名当传染科医生。他说传染病其实并不可怕，只要勤洗手，在与病人接触时注意做好自身防护工作，就不会被传染。

在传染科，肖和明工作得心应手。他还是个文艺青年，喜欢舞文弄墨，他的诗歌总喜欢三个字：在路上！一首诗里，肖和明激情飞扬地写道——

我的理想在路上！
我的爱情在路上！
我的青春在路上！

肖和明不仅诗歌中喜欢用"在路上"，讲话的时候，"在路上"

也时常挂在嘴边。他的普通话带有浓浓的闽南口音，粗犷且充满激情，每当说到"在路上"的时候，目光总是飘向遥远的地方，小眼睛里闪烁着如梦似幻的激情之光。

肖明和在传染科工作的第三年，刚好碰上"非典"肺炎疫情。根据总部的指示，总队医院要派出六名医护人员到北京参加抗击"非典"的战斗。为此，总队医院开了个动员大会，那天，会议的气氛很严肃，甚至可以说有点儿压抑。大伙对突如其来的"非典"缺乏应有的心理准备。

院长问："有没有主动请战的医生和护士？"会场一片寂静，大伙面面相觑，真不知要不要参与这场存在被传染风险的攻坚战。

肖和明就在这紧要关头挺身而出。他果敢地站起身，把手高高举起，昂首挺胸地说："院长，我是共产党员，并且是传染科医生，对传染病有深入的研究。如果派我去抗击"非典"，我一定不辱使命，出色完成任务！"

大伙的目光齐刷刷地注视到肖和明身上，他那高高举起手臂就像一面鲜艳的旗帜在会场飘扬。那一刻，会场原先压抑的会场氛围变得热烈起来。

因为有人毛遂自荐，其他医生也踊跃报名，很快，总队医院就组织了医护人员开赴北京。

在进京参加抗击"非典"期间，面对亲朋好友的各种询问，肖和明大多数的时候，只简短响亮地回答："在路上！"

抗击"非典"胜利之后，肖和明与战友们凯旋。在庆功会上，每个参加抗击"非典"的人员都要简短地讲几句话，因为最年轻，肖和明被安排在最后一个发言。

轮到肖和明发言了。他清了清嗓子，说："说心里话，我并不是什么英雄，我只是凡夫俗子。刚接触'非典'病人时，我内心惶恐不安，怕被传染。工作一段时间之后，我才慢慢适应下来。现在抗击'非典'胜利了，我高兴之余，内心却有隐隐的痛。因为我没有听从劝阻，执意要参加抗击'非典'的战斗，女朋友认为我很偏执，便和我分手了。"

肖和明的语调一下子低沉下来，眼里有泪光的闪动。也就在那一刻，我们才算读懂了肖和明。

我转业到地方工作后，肖和明也转业到市里的一家三甲医院。

这些年，我们之间常有联系，肖和明还是原先的肖和明，他的口头禅依旧是"在路上"。

那些年，肖和明事业顺风顺水，但在个人婚姻大事上却一波三折，因为各种原因，他的终身大事一直没解决。但他的爱情一直在路上，直到三十二岁，他终于找到了心仪的另一半。

结婚仪式上，当司仪问肖和明最想说什么时，肖和明想了半天之后，用柔韧且富有弹性的口吻答："在路上！"

　　参加婚宴的亲朋好友们一阵哄笑，我却没有笑，我觉得肖和明这句话意味深长耐人寻味。

　　肖和明结婚两年之后，有了一个可爱的女儿。他的事业也一直在路上，因为年富力强、业务精通，他当上了传染科主任。又过了两年，国家放开二胎，政策刚公布，肖和明就给我打了个电话，没头没脑地冒出一句："我已经在路上了。"

　　十个月之后，肖和明的妻子诞下了胖儿子，我这才恍然大悟他说的"在路上"的含义，那一刻，我觉得肖和明实在太可爱了！

　　2020 年新春伊始，全国打响"新冠"肺炎防控阻击战。这场没有硝烟的战役深深触动了肖和明，他主动请缨，给组织写了请战书，要求参加援助湖北医疗队，很快获得上级的批准。

　　肖和明出发那天夜晚，他的妻子和儿女为他送行。

　　临行前，肖和明代表医护人员做了发言。那天，他的身子比笔直的电线杆更挺，他的头高高地昂起，声情并茂地说："根据国家的安排，我们要去协助湖北当地的医疗机构救助病人，现在疫情还在上升期，我们内心有惶恐与不安，但战胜困难的意志决不能动摇。到了武汉之后，大家时刻要绷紧自身防护的弦。另外，患者是被隔离的，我们医护人员除了要医治他们的身体，还要如亲人般慰藉他们的心灵，帮助他们强大起来，早日战胜病毒出院回家。说到这里，肖和明停顿了一下，目光轻轻地拂过熙熙攘攘的送行家属，柔情万千地说："亲属们，你们不要为我们担心，我们永远在路上，我们一定会凯旋！"

　　那一刻，亲属团爆发出雷鸣般的掌声，许多家属都哭了。

　　肖和明的妻子也一把鼻涕一把泪，她紧紧地拉着肖和明的手不愿松开。

　　肖和明搔了搔头，不好意思地说："这么多人看着，多不好意思。"

妻子哽咽道："你要多保重！"

肖和明点了点头。

懂事的女儿跑上前，给了父亲一个深情的拥抱。

愣头愣脑的儿子问："爸爸，你要去哪里？"

肖和明知道儿子最爱听怪兽的故事，便把儿子揽在怀里，轻声说："爸爸打怪兽去了。"

儿子开心地笑了。

肖和明背着行囊，匆匆离去的那一刻，妻子哭着喊："老公，我爱你！"

女儿喊："爸爸，你多保重！"

儿子大声叫："爸爸，打完怪兽，早点回来！"

妻子和孩子的呼唤一下子便穿透了肖和明的心灵，他悄悄地抹去眼角的泪水，尔后，缓缓回眸，目光越过依依送别的妻子和孩子，落在了更远处的万家灯火上。

作者手记

肖和明是一名医生。他的口头禅是：在路上！在部队，他自告奋勇，进京参加抗击"非典"；转业后，在医生这个岗位上尽心尽责；全国打响"新冠"肺炎防控阻击战后，他主动请缨，参加援助湖北医疗队。在人生道路上，他一直在努力、在奔跑、在拼搏。这种精神值得同学们学习和借鉴。

三、英雄花儿遍地开

刘金山在运载老兵退伍回家的火车上与肖东平相逢。

刘金山与肖东平是高中同学。在学校时，他俩与黄小鱼、赵世民是铁杆四兄弟。高中毕业后，四人参加高考都名落孙山，他们同时选择当兵，肖东平当的是陆军，刘金山当的是武警，黄小鱼当的是森警。赵世民因为身体的一些小问题，没有实现当兵的愿望。在他们四个铁杆兄弟中，赵世民是年纪最大。

当上兵的刘金山、肖东平、黄小鱼兴高采烈，而赵世民则显得异常的沮丧。新兵启运的那一天，赵世民到火车站为他们送行。他说："记住大哥的话，在部队你们一定在混出个样儿来，最好都能当上披红戴绿的英雄！"赵世民的话让他们身上的热血呼呼地往上蹿。肖东平说："你放心好了，只要有战打，我一定会成为战场上的英雄。"刘金山拍着胸脯地说："我要当个令罪犯闻风丧胆的忠诚卫士。"说得最幽默最意味深长的还数黄小鱼，他说："我从小就喜欢森林，喜欢它的茂密，更喜欢它那大海般的颜色。现在，我终于如愿以偿成为一名武警森林警察部队的士兵，我要把森林当作绿色的海洋，当我这只小鱼游进绿色的海洋之后，小鱼就会变成一只亮光四射的大鱼。"

　　抱着当英雄的凌云壮志，刘金山、肖东平、黄小鱼到了部队，可在部队里待了两年后，三个当英雄的梦想都破灭了，现在他们都坐在退伍回家的同一列火车上。

　　心情不好的刘金山见到灰头灰脸的肖东平，他那布满灰尘的心头透进一缕阳光。

　　刘金山之所以有那么点儿幸灾乐祸的感觉，是因为肖东平当兵后，在写给他的每一信中都吹嘘自己在部队如何吃苦耐劳，枪法如何准，每次军事演习，他都冲锋在前，喊声震天。由于表现出色，连长经常夸他。连长是山东大汉，连长夸人不是用嘴，而是用手，见到哪一个战士表现好，他就拍谁的肩膀，拍得重说明爱得深。肖东平说他的肩膀都被连长拍痛了，不得不贴上风湿膏药。肖东平还向他描绘了自己在部队发展的美好蓝图，他说他要从一名士兵一步一个脚印地成长为一名军官。可事实却是，他在部队是一步一个脚印地走向退伍之路。

　　见到刘金山，肖东平阴沉的脸上也挂出一丝笑容，他在心里说，刘金山呀，刘金山，你终于把牛皮给吹破了。你不是说，前些日子你在一场捕奸犯罪嫌疑人的战斗中立了大功，提干大有希望，最差也能转成一期士官。现在怎么也和我一样退伍回家了呢？

　　两人这么一想，心情都变好了。刘金山说："怎么这么巧，我俩会在火车上相遇。"

　　肖东平说："我俩坐的车厢紧挨着，不相逢也难呀。"

　　刘金山说："这说明我俩心心相印。"

　　刘金山边说边把肖东平拖到他坐的位子上，两人开始聊起天来。两人都很聪明，他们不提在部队为什么提不了干，而是把话题引到退伍后该干些什么工作上。这个话题挑起了他们美好的遐想，他们把自己的未来描绘得异常美好。虽然说得天花乱坠，但他们心里都很清楚，那只不过是在画饼充饥，究竟自己的未来怎样，现在还是八字没一撇。

　　火车缓缓地向前。

　　"哥们，你不是说在部队立了大功吗？"肖东平嘴里忽然冒出一句。刘金山有点儿难堪，他低下了头："应该说是差点儿立了大功。"

　　"此话怎讲？"肖东平睁大眼睛。

　　刘金山的目光飘出窗外，那转瞬即逝的美丽风景，使他想起了那场扣人心弦的捕歼战——

　　那是一个灰蒙蒙的早晨，刘金山与中队官兵一道风风火火地赶往离中队不远处的茂密森林，与兄弟中队的官兵一道参与捕歼一名逃进深山密林里犯有命案的犯罪嫌疑人。根据公安机关掌握的材料，犯罪嫌疑人手里可能有枪。

　　对于自己能参加这场捕歼战斗，刘金山异常兴奋。当兵快两年了，虽然在射击场上枪打得砰砰响，但参加捕歼战斗还是头一遭。在森林里，他与战友们提着枪，仔细地搜索山里的每一个角落。刘金山当兵的时候，心里就埋下了当英雄的想法。可在部队里，尽管他非常努力，但由于受各方面条件的限制，他在中队的战士中并不出色，当了快两年兵，却连一个副班长都没当上。随着时光的流逝，当英雄的想法变得越来越遥不可及，参加此次捕歼战斗，他的心头重新燃起了当英雄的想法。刘金山热爱军营，这种热爱已经渗透到他的骨子里。他也进行了努力，报考了指挥学校，可惜名落孙山，这使他异常沮丧。现在机会摆在面前，只要亲手抓住犯罪嫌疑人，提干就大有希望。

此时的刘金山就像一只嗅觉敏锐的猎犬，在深山密林里穿梭。刘金山生长在农村，小的时候，经常与伙伴们在山里玩捉迷藏的游戏。他认为犯罪嫌疑人肯定躲藏在山里阴暗的角落，每到一处险要的地方，他总是一马当先冲上前。

可命运却和他开了个玩笑。当他和战友们搜索到半山坡时，出现了两条路，一条山路笔直地伸向山顶，另一条道路弯弯曲曲，杂草丛生，刘金山和大多数战友毫不犹豫地冲向了那条弯弯曲曲的小路，勇猛异常的刘金山端着枪，瞪着一双警惕的大眼睛冲在最前面……

可谁也没料到犯罪嫌疑人却躲藏在那条笔直通向山顶的小路边一个极易被发现的角落，中队最胆小的战友鲁一兵不费吹灰之力就生擒了饿得差点晕倒的犯罪嫌疑人。犯罪嫌疑人手里确有一把枪，但枪里已经没有子弹了。

"有心栽花花不开，无心问柳柳成荫。鲁一民一不留神就成了英雄，直接被保送进了指挥学院。看到他兴高采烈的样子，我心里要多酸就有多酸。那次捕歼战斗，我是中队所有战士中汗流得最多、最勇敢的，可却只得了一个嘉奖。"刘金山长长地叹了口气。

也许是刘金山的叹息声触动了肖东平的神经，肖东平也长长地叹了口气，说："我和你一样，从当兵的第一天起，就想当英雄，可现在是和平年代，我无法施展自己的才华呀！尽管我是部队里出了名的神枪手，但我面对的'敌人'是一个个任你打它千疮百孔都不会生气的靶子，当英雄的想法随着时光的流逝慢慢变淡了。可后来发生的一件事，使我差点儿也成为英雄。"

"什么事？"刘金山瞪大双眼。

肖东平打开了话匣子。"我们所在的部队旁边有一条江，江上有一条连接大江南北的大桥。有一天傍晚，当我在河边散步时，忽然看到有一个年轻人从桥上跳了下来。我断定那是位自寻短见的年轻人，便立即跳进江中，朝那年轻人跳江的地方奋力游去。当英雄的想法使我身上有着用不完的力气，我在水中劈波斩浪，很快就靠近了那个在水中挣扎的年轻人。年轻人见有人靠近他，便朝江的那头晃晃悠悠地游去，我紧紧跟在年轻人的身后。忽然，我的身边驶来了一艘汽艇，汽艇上的人拼命按手中相机的快门，那时的我以为电视台的人正在把我英勇救人的场面拍下来。于是，我更来劲了，我的双手就像上了发条的钟，不断地在江水中劈出朵朵浪花，眼看我就要追上那位年轻人了，可就在这时候，一件预想不到的事情发生了，那位年轻人爬上了那艘汽艇，这时候，我发现年轻人的身上居然裹着一个救生圈，救生圈上醒目地写着：爱保牌救生圈，你永远的朋友。"

刘金山笑了："弄了半天，你才知道这个年轻人是为爱保牌救生圈做广告的人呀。"

肖东平长长叹了口气："你说这是什么世道，要做广告就到电视上大张旗鼓地做广告，何必玩跳江的把戏？更可恶的是那几个在汽艇上拍照的人压根儿就不是电视台的，他们是广告策划公司的。当那年轻人爬上汽艇时，那几个广告公司的人居然朝我摆摆手，说，傻大兵，我们走了……这件事发生后，我不仅当英雄的梦想破灭了，而且还挨了领导的训。领导说，小肖，你怎么没头脑，天下哪有套着救生圈去跳江自杀的人？我涨红脸对领导说，跳进江中的时候，我什么都没想，只想当英雄的我根本就没看见年轻人身上套着救生圈。说这话时，我眼里不争气的眼泪流了出来。"

"看来我们有当英雄的想法，却没有成为英雄的命。"刘金山叹了口气。

说话间，黄小鱼不知从哪里冒了出来。他一见刘金山和肖东平便咧嘴大笑："我一上火车，就四处打听你们所在的部队退伍兵坐几号车厢，找了半天总算找到你们。"

刘金山调侃道："黄小鱼，你这条鱼在部队游了两年，怎么没变成亮光四射的大鱼呀？"

黄小鱼不好意思地搔了搔头，说："记得刚到森林警察部队时，望着无边无际的原始森林像大海波浪一样一浪一浪荡漾开来，我的心里涌动着莫名的冲动。我的脑海里闪出这样的镜头：森林的一处着了火，我和战友们赶去扑灭大火，在扑灭大火的过程中，我奋不顾身地冲在最前头，我的身上着了火，但当英雄的想法，使我全然没有了疼痛的感觉，我和战友们奋力扑灭了大火。由于扑灭大火力了大功，我成了英雄，并戴着亮光闪闪的奖章到处做巡回报告……这样的梦做得实在惬意，可现实却与梦想有着不小的差距。我在这片森林里待久了，便觉出了日子的乏味。平日，我守卫的是一片原始森林，大多数的时候，原始森林安静得就只剩下日出日落。每天，我沿着那条弯弯曲曲的小路走向瞭望塔。瞭望塔高几十米，站在瞭望塔上，风一吹，整个人便晃晃悠悠的，感觉自己就像一张薄薄的纸片，当英雄的万丈豪情也被风刮得无影无踪。。"

"你在森警当了两年兵，难道没有一次成为英雄的机会？"肖东平问。

"你这么一说，我倒想起了这么一件事。"黄小鱼的目光定定地望着窗外，此时火车刚好经过一片森林，黄小鱼觉得那片森林熟悉且亲切，并能勾起他对往事的寻觅——

"原始森林的火灾大多是由雷击引起，因此，每次雷雨天气，我们的心弦都绷带得紧紧的。在我即将退伍的前几天，当我午睡醒来时，忽然听到隆隆雷声，我心一惊，猛然想起瞭望塔的避雷导线昨天晚上在我值班时被大风刮断了，而我却没有告诉今天在瞭望塔上值勤的新兵。这么一想，我惊出了一身的冷汗，急忙沿着那条弯弯曲曲的小路奔向瞭望塔。

"雨开始下了起来，闷雷在我头顶上炸响，我在泥泞的小路上不知摔倒了多少次。但每次摔倒，我都以最快的速度爬起来，此时的我就像一只搏击长空的燕子，奋力飞向瞭望塔。到了塔顶，我不由新兵分说，就一把拽着他奔下瞭望塔。

"刚到地面，一声惊雷伴着闪电刺破长空，瞭望塔开始剧烈地颤动，塔顶的钢架上火花四溅。新兵被这一幕吓坏了，他的脚一滑，就摔倒在地。他摔倒了，我也跟着摔倒，我们俩紧紧地抱成一团，从那条泥泞的小路上滚下。那时，我的脑子一片茫然，只觉得自己的生命已与新兵的生命融为一体……"

"那你不成了英雄了吗？"肖东平跷起大拇指。

"没处分我就算不错了。"黄小鱼苦苦一笑，"避雷线是在我值班时断掉的，而粗心大意的我却没把这件事向上级汇报，也没把这件事告诉值班人员，让他们及时把避雷线接上。当领导调查完事情的来龙去脉后，他们对我的评价是：犯了错误，但知错就改，勇气可嘉。"

"看来我们三人都没有当英雄的命。"刘金山长长地叹了口气，他随手拿起搁在桌上的报纸，突然，他大声惊叫起来。

"什么事一惊一乍的？"肖东平斜了刘金山一眼。

刘金山把报纸往桌上重重一拍。肖东平和黄小鱼的目光便探了过去。只见那张报纸的醒目位置刊登市领导接见披红戴绿的赵世民照片。照片的旁边刊登着赵世民勇擒公安部通缉的犯罪嫌疑人吴炮三的长篇报道。报道中把赵世民描绘得大智大勇，就像火眼金睛的孙悟空、过五关斩六将的关云长。

"没想到呀，我们三个当兵的没当上英雄，倒让没当兵的赵世民当上了英雄。"刘金山又是一声叹息。

说话间，火车到站了。当刘金山、肖东平、黄小鱼提着行李走下火车时，他们发现赵世民早已恭候在火车的出口处，他的手里捧着三束鲜花。见到三位好友从火车站走出，赵世民飞速跑上前去。

好友相见，一番亲热的拥抱之后，黄小鱼把手中的三束鲜花分别送给三个好友，但三个都不好意思去接，这让赵世民丈二和尚摸不着头。

"你们从部队光荣归来，我给你们送花，你们摆什么架子呀？"赵世民蹙起眉头。

赵世民这么一说，三个人的脸便红了起来，刘金山说："大哥，不好意思，我们在部队都没成为英雄。"

"可你们是我心目中的英雄呀。"赵世民笑着说。

"心目中的英雄并不是真正的英雄，真正的英雄是大哥呀。"黄小鱼搔搔头。

赵世民问："你们看了今天的报纸？"

肖东平点点头。

赵世民笑了："走，我们找一个清静的饮食店坐坐，我把自己成为英雄的过程告诉你们。"

在一家不起眼的饮食店坐落后，赵世民点了几盘家常菜，说起了自己成为英雄的过程——

因为没当上兵，赵世民懊恼了好一阵子。懊恼过后，他开始面对生活，赵世民的家境贫寒，他必须找出一条适合自己的谋生之路。可他文化程度不高，又没什么手艺，四处求职，四处碰壁。这些年，他当过保安、做过鞋匠、替人擦过皮鞋，人世间的酸甜苦辣都尝尽了。最终，他用这些日子辛苦赚下的钱买了一辆摩托车，干起了"摩的"的活儿，每天起早摸黑地在街上载客，日子过得很艰辛。

那是一个细雨纷飞的日子，赵世民穿着雨衣在小巷深处等客人。因为下小雨的缘故，那天生意出奇地差。闲着的赵世民买了一张报纸，他从报纸的第一页看到最后一页，却没有客人来，于是他又看起了报纸中缝的广告，广告的最末端是公安部通缉令，通缉令上有犯罪嫌疑人吴炮三的相片。赵世民正看的时候，忽然来了一个戴鸭舌帽的中年客人，赵世民把摩托车的头盔递给那个戴鸭舌帽的中年人，中年人却不愿意脱下自己的帽子。赵世民说，你坐摩托车如果不戴头盔，交警发现了要罚款，那个中年人便不太情愿地脱下了帽沿压得低低的鸭舌帽。赵世民抽了一口冷气，这中年人左侧眉弓处有一道三厘米的疤痕，他的相貌与赵世民看的公安部通缉的犯罪嫌疑人吴炮三相片完全吻合。而左侧眉弓处的疤痕正是那位犯罪嫌疑人最重要的外貌特征。

犯罪嫌疑人要赵世民把他送到火车站，赵世民按他的要求慢悠悠地把摩托车开向火车站。在快到火车站时，他忽然把摩托车转了个弯，驶进了靠在街边的一家派出所。

"报纸上不是说你与犯罪嫌疑人展开殊死搏斗吗？"肖东平问。

"原先我也以为与那个犯罪嫌疑人之间有一场恶战，于是，我把摩托车开得飞快。进了派出所后，我忽然来了个紧急刹车，凭着多年练就的车技，我飞速从摩托车上跳下，马步站好，摆出一副决一死战的模样。那位据说是杀人不眨眼的犯罪嫌疑人完全没有料到我会来这么一手，由于没防备，我紧急刹车后，他就从摩托车上一头栽到地上。当他抬起头，看到我这副咬牙切齿的架势，吓得瘫倒在地，把尿屙到了裤子上。我和派出所的干警不费吹灰之力，犯罪嫌疑人就束手就擒了。"赵世民朗朗地笑了，"我成为英雄的过程就这么简单。报纸上把我吹嘘得神乎其神，说我与犯罪嫌疑人展开殊死搏斗，其实都是一派胡言。"

"现在我总算明白了，过程并不重要，重要的是结果，你把犯罪嫌疑人送到了派出所，你就是英雄。"黄小鱼说。

"英雄这称号太神圣了，说心里话我配不上。这次因为缉拿犯罪嫌疑人立了功，公安部奖励我十万元钱。有记者对我说，你如果把奖励的钱捐给公益事业或者希望工程，你就是真正的英雄，我们将加大对你的报道力度，让你的知名度大增。我思索了一阵子后，对记者说，十万元奖金对我很重要，这些年我的日子过得很艰辛，我想用奖励得来的十万元钱买一辆小型的载货车，多赚点钱养家糊口。"

赵世民说罢，发出一声长长的叹息。

许是受赵世民情绪的影响，刘金山、肖东平、黄小鱼也把自己在部队差点成为经历的过程加油添醋地说给赵世民听。

赵世民津津有味地听完他们的故事后，眼里闪动着晶莹的泪花，他问："听了你们讲的故事，我很受感动，在部队虽然你们没有成为英雄，但我觉得你们没白当兵，个个都是铮铮铁汉！"

情绪激动的赵世民高高地竖起了大拇指。见刘金山、肖东平、黄小鱼都面带羞色，赵世民觉得倘若再为他们唱赞歌，他们的头都要钻到桌子底下了。于是，他把话题饶了一个弯："你们退伍前，都说要给我带回来部队里最珍贵的礼物，现在你们就把最珍贵的礼物拿亮出来，给我瞧瞧。"

刘金山拿出一包黄土。他说："这是我在捕歼犯罪嫌疑人的那座山上挖下的一块黄土，虽然我在那里没成为英雄，但这块土地见证了我的英雄壮举……"

肖东平则拿出一个塑料袋，塑料袋里装着差点儿使他成为英雄的江水。

轮到黄小鱼拿礼物了。他把手伸进皮箱，小心翼翼地捧出一个透明的四方形的玻璃瓶子。玻璃瓶子里装着泥土，泥土的上面栽着一朵小花，这是一朵红白相间的小花。令大伙感到惊讶的是这朵小花虽然放在不透气的皮箱里，却依然挺直腰杆，就像一只瘦瘦的剑，坚韧笔直地刺向空中。

见大伙的目光都被这朵小花吸引住了，黄小鱼慢悠悠地说——

"玻璃瓶子里的这种小花，在我们营房边随处可见，大伙叫不出它的名字。这种花虽然普通，但它有一个最大的特点就是生命力非常旺盛。我和那位新兵一块从瞭望塔边滚下山时，这位新兵的身上沾上了一朵这种花。

"这位新兵的心比针还细，他悄悄地把这朵压得遍体鳞伤的小花种植在营房窗台边的花盆里，并每天给它浇水。在他精心呵护下，这朵小花奇迹般地生存了下来。当我要离开部队时，新兵把这朵小花装在四方形的玻璃瓶子里送给了我，他双手捧着玻璃瓶子，眼含热泪，深情地说，班长，虽然组织上没有给你记功，但你却是我心目中永远的英雄。这朵不知名的小花见证了你的英雄壮举，我把它取名为英雄花。回到家乡后，只要你把这朵英雄花栽在家乡的土地上，英雄之花就会遍地开放！"

作者手记

　　几个士兵在部队的时候，都想成为人人敬仰的英雄，可惜都没有如愿，退伍后，他们遇到没有如愿当上兵的同学赵世民，却发现他意外当上了英雄。这部小说告诉同学们一个简单朴素的道理：日常生活中平平淡淡才是真，平凡中孕育着伟大！

后 记

转眼间，我到福州市文联工作已经七个多年头了。

到地方工作后，我经常翻看过去写过的军旅小说，那一刻，我开始回眸军营生活，似乎又触摸到青春的心跳。

我于地方院校毕业后，走进军营，一晃便是三十年的时光。三十年的军旅生涯，让我与军营里的官兵打成了一片，他们的酸甜苦辣、家长里短、梦想与苦恼、亲情与友情，无时无刻不牵扯着我的神经，这也是我的军旅文学创作磕磕碰碰往前走的动力和源泉。

在军营和转业的这些年，我一直坚持写作。在外人看来，写作是很轻松的一件事，其实他们没能体会到写作者的艰辛。在我看来，写作是一个长期的艰苦历程，既要忍受生活之苦的煎熬，又要经受创作之难的磨炼。这二十多年的坚持，让我真切地感悟到：文字的营养已经渗透到我的整个生命，文学的乐趣已经灿烂了我的整个人生，写作的快乐已经丰富了我的精神生活。作品的面世，给我带来快乐与喜悦。我追求着自己的文学梦想，尽管非常辛苦，但可以磨砺我的意志和信念，从中也可以寻觅到真正的快乐与幸福。文学就是我心里的灯，能驱赶空虚无聊的阴霾，照亮人生的行程。这盏灯虽然光亮有限，可对个人来说，就像灯塔之于夜航船。

《半个月亮》收录了我发表在《解放军文艺》《橄榄绿》《福建文学》《神剑》《辽宁青年》等刊物上的短篇小说，我将它们成"峥嵘岁月""兵歌嘹亮""回眸军营"三个部分。其中，"峥嵘岁月"讲述在烽火岁月里，一代代军人为了革命事业赴汤蹈火、可歌可泣的故事，让人不禁为他们掬上一把泪。"兵歌嘹亮"记录我当兵那个年代军人的生活，那些活灵活现的士兵很多都有原型，甚至可以说，我是把军营生活原汁原味地写进小说。"回眸军营"展现退役军人以实际行动践行军人勇毅与担当，退伍不褪色、退役不退志的奋斗理念，这是退役军人对军营的深情回望！

时光如梭，我在老去，但我的小说却不老。感谢海峡文艺出版社，让我小说中那些可爱可敬的军人走向孩子们。我真诚地希望孩子们能从书里读出岁月本身散发的温度，军旅生活的永久印记，作者孕育已久的一段心香！

林朝晖

2024 年 10 月 1 日